島國人語

章良我——著

目次

輯一／小說

輯二／詩

輯一／小說

魂魄飄遊記

引子

晚飯後，天色已暗。出外散步消食。過馬路，經組屋區樓下空地，七月歌臺正上演歌仔戲。遂在舞臺前的一個空位上落座。人尚未入戲，便聞聲耳旁有人在發問：「幾米郎？」聲音來自一個脫髮老頭。我用半生不熟的福建話答曰：「新加坡郎！」又問：「汝叫幾米？」再應聲道：「哇系叫威廉。」「噢！我有一個紅毛洋人朋友亦系叫威廉。」

再接下來聽到的，不禁讓我渾身起了雞皮疙瘩。「老朽來新加坡已經快兩百年了。聽說你們要慶祝開埠二百年，我才上來瞧瞧。我想看看是不是有機會在你們立碑造塔紀念的地方，為自家找到一個安魂的著落。」說到此處，那聲音頓了頓。我本想拔腿開溜，但見那老頭沒有傷人的意思，便戰戰兢兢地提著好奇心聽了下去。「我本來死後下葬在Tiong Lama，那裡有一座恆山亭。後來舊墳山太過擁擠，又有了新墳山Tiong Bahru。再後來你們來了，就把我們從長眠的地底下挖起來，埋到島上的其他地方。從此，我就變成了遊魂一個。」聽這老頭說得頭頭是道，我竟然饒有興味地聽了下去。

也不知道是什麼時候歌仔戲已經收場了，只我一個人坐在舞臺下。我迷迷糊糊地離開那裡，回到家倒頭便睡。這一睡就是半月，從七月裡睡到八月中秋。夜空中一輪明月又讓我記憶起那歌臺下邂逅的光頭。我依稀記得，我曾經問過他的名字。我漸漸又回想起他說過的故事。

***

當緩緩吐出最後一口氣息後，他的魂魄頓時離開了他那慢慢失去體溫並開始逐漸變得僵硬起來的身體。升上天空，繞島一周，再回頭看他自己的軀殼，它已經躺在了一具金絲楠木棺材裡。

那具棺材被置放在靈堂中央。靈堂是由一間寬敞的貨倉改成的，裡面沒有傢俱，四壁空空。從貨倉頂部向四面牆壁垂掛而下黑色綢緞的篷簾，簾邊用金絲絨線繡綴著富貴的花卉圖案。在棺材的前端擺放著一臺香案，上面置放著一隻銀香爐。香爐裡插著點燃的香枝，旁邊放著一個銀茶壺以及與之相配的幾隻銀盃盞，另外一旁放著一碗碟糖果。案几的兩邊各有一座站立的人偶。人偶一手端著杯盞，一手舉著長明燈。在人偶的前面置放著一張桌子，桌面上擺放著水果和其他一些小玩意，包括一副牌九，那是他生前的賭博用具。另外還有兩座人偶守護在桌子旁邊。一大袋米靠放在棺木一頭，那是和桌面上的勞什子一起將用來做陪葬的。大燈籠懸掛在屋頂，整個帳篷裡的光線隱晦昏黃。靈堂隔壁的屋子裡，擺放著方桌及條凳，桌子上有吃的，有喝的。前來弔唁奔喪的人們四下裡坐著，在吃著，喝著，抽著煙，聊著天。房間門口有人進進出出，人流絡繹不絕。多數是留著辮子的華人，也有與他生前有生意來往或交情的馬來、印度和阿拉伯人，以及個別白膚色的紅毛洋人。靈堂前面的街道上空撐起了帳篷，他的大小老婆和眾多子孫們聚坐在一起，為他守夜護靈。

這已經是第八個夜晚了。他死後當天軀體就被洗淨、換上壽衣，然後放平躺在棺木裡。再被移放到佈置完好的靈堂中，讓親朋契友前來觀瞻、弔唁。明天就是他的出殯日，可是到現在他還沒有看見寶貝女兒娟兒的身影。難道她沒有聽聞父親往生的消息？即使聽到了消息，也不來靈堂向老父做最後一次告別？他不禁感到一絲心寒。娟兒是他和小老婆生的。在眾多兒女中，她年齡最小，也最受他疼愛。偏偏娟兒生就一個倔脾氣，在認定了一樁事情之後，就再也別想讓她改變主意。這不撞南牆不回頭的性格，還挺像他。她的確是自己的一個心肝寶貝，偏偏在婚姻這樁事情上，跟爹爹作對。唉，想到這兒，他不由自主地歎了一口氣，過後就想起自己從小離開唐山家鄉，到南洋來打拚闖蕩江湖的往事。

在清廷給他頒發的通關文牒上，他的名字寫為陳送。他前來新加坡時已經是五十六歲了，當時在島上的紅毛洋人都在二三十來歲，而那些來當苦力的華工也都為青壯年。他比島上其他的人都要年長，也更有錢。認識他的人都尊稱他為送叔或陳叔，有的人乾脆稱呼他為陳叔送。不過也有福建同鄉叫他臭頭叔送的，這是因為他是一個癩痢頭，頭上沒髮，自然就不能像同族其他人那樣，在頭上盤捲著或身子背後掛著一根長辮子。儘管非常有錢，但他是一個不折不扣、一毛不拔的守財奴。陳送出生於乾隆皇帝年間，他降生的那年是癸未年，陽曆紀年是一七六三年。在十五歲那年，他就離開家鄉福建，跟著帆船被季候風送到廖內。他到達廖內後，看周圍沒有什麼商業活動，就又去了檳榔嶼。在那裡，他一待就是十年。他剛到檳榔嶼的時候，英國人還沒有前來。待萊特上校在一七八六年登陸，檳榔嶼得以開發之後，島上商業活動漸漸興旺起來。在荷蘭人嚴酷統治下的麻六甲華人聞訊，紛紛避走，前往檳榔嶼。一七九五年八月，荷蘭人把麻六甲的統治權奉送給英國人。當時的麻六甲城裡只剩下幾百個華人。善於抓住先機的陳送，乘機南下麻六甲，開拓商機。也就是在那裡，他認識了小他十一歲的麻六甲駐紮官法夸爾。一八一九年新加坡開埠，萊佛士任命隨行登陸獅島的法夸爾出任新加坡首任駐紮官。在法夸爾的遊說下，陳送又南下新加坡，繼續開拓他的商業王國。與他同期從麻六甲前來新加坡的，還有另外一個福建籍華商，其人的財富和名望跟他相當。那人名叫薛佛記，不過薛要比他小三十歲。薛的父親也是在乾隆年間從福建南渡，跑船走海來麻六甲謀生的。

儘管陳送先前聽跑船下南洋的老鄉提起過蒲羅中、淡馬錫這些舊地名，但那都是些古時候的掌故了。他所知道的獅島，跟來自蘇門答臘的巴領旁王子有關。娶了廖內女王女兒的山尼拉烏他瑪在打獵時撞見新加坡島，遂命名它為星加坡拉，並且在小島上定居了下來，成了星加坡拉王朝的第一任國王。小王國到了第五代，由印度教改奉伊斯蘭教，國王成了拉惹依斯干達沙。依斯干達沙的宰相蘭殊那的一個絕頂漂亮的女兒被拉惹看中，成為備受拉惹寵愛的王妃。後宮中的其他嬪妃出於嫉妒，合謀編造宰相的掌上明珠不貞的謠言。拉惹聽信讒言，便把愛妃打入冷宮。美人鬱鬱寡歡，最終魂斷後宮。宰相蘭殊那心頭憤懣不過，便私通滿者伯夷王朝，計畫裡通外患，圖謀開城引敵。前朝時就想侵占星加坡拉王朝的滿者伯夷軍隊，終於候得此等天機，於是派發精兵二十萬、戰船三百艘，跨海前來，血洗星加坡拉。島上官兵遂成敵軍的刀下之鬼，攻進城堡的士兵動刀放火，乘勢搶劫殺戮。島上的一切幾乎被摧毀殆盡，不光皇家禁山上的宮殿寺廟遭到毀壞，連高達八九尺、闊至十六尺的城堡也塗炭盡毀。在混戰之中，依斯干達沙倉皇亡命奔走麻六甲，在那裡休生養息，開啟了麻六甲王朝。過後，他因思念他的舊王朝星加坡拉，又偷偷地回到這裡，可不久便辭世歸天。馬來皇家禁山上留下了依斯干達沙的衣冠塚，而此後的獅島則長期荒蕪，寸草不生。久而久之，有迷信開始在周圍海域流傳，說島上的赤土是因為被人血染紅，島城是一個生長不出一粒稻穀的死域。就這樣，曾經繁榮一百多年的獅島，又跌落到歷史的低谷，成為海盜出沒的場所。

陳送在從事商業的活動中，結識了各路外族人士，法夸爾就是其中一位。法夸爾於一八〇三年開始履行麻六甲駐紮官的職責，那年他才二十九歲。一八一三年十二月，他被正式任命為麻六甲駐紮兼指揮官。一八一八年，英國根據雙方協定把麻六甲交還給荷蘭統治，法夸爾才離開麻六甲。法夸爾對馬來人和武起士人頗有瞭解，而當地的民眾也擁護他，還送給他一個暱稱：麻六甲拉惹。法夸爾以善待民眾著稱，對窮人、富人一視同仁。他很少斥責下人和百姓，每個有冤情向他吐訴的民眾，最後總會在他那裡多少得到一些幫助和寬慰。他同麻六甲當地的一個女子一道過活，兩人一共養育了六個兒女。一八一九年七月，法夸爾的第一個孫兒在新加坡島上出生，他升格當爺爺那年僅僅只有四十五歲。

陳送在來到新加坡的時候已經很有錢，因為先前他在廖內一帶混跡浪蕩過，所以對新加坡的環境也不算是太陌生。島上一沒有銀行，二沒有保險庫，於是他就把大把大把的錢財裝在鐵箱子裡，自己乾脆睡在裝滿錢袋的鐵箱子堆裡。有人說他的錢大都是從賭場上贏來的，說他貪賭這倒是事實。有一次他大輸一場，輸掉那麼多錢讓這個以吝嗇出名的富翁感到十分心痛，以至於他當下用刀砍掉自己的一隻手指，發誓自此之後再也不涉足賭場、不進入賭局。可是過不了多久，好了傷疤忘了疼的他又走進賭場的大門。有人說他是私會黨徒，他的確多次揚言：「要是我登高一呼，唐人立馬可以把紅毛洋人從島上一掃而光！」不過他始終沒有輕舉妄動過。不過有一次他被官府逮捕，倒的的確確引起島上華人的暴動。當局出動軍警鎮壓，害得當時從檳城前來新加坡視察的三州府首任總督浮爾頓，只得留在軍艦上暫住過夜，以策自身安全。

早年間，陳送曾經向駐紮官法夸爾出價，願以五十萬元換取新加坡全島的五年收益。法夸爾寫信向萊佛士報告此事。當時的市集設在新加坡河的南岸，萊佛士開展市區規劃後，整頓華人集市，勒令將貿易市場遷移到直落亞逸，並且質疑把魚、肉、家禽、蔬菜市場建在一起的主張。後來，法夸爾推翻了原先由官委委員初選的候任地點，挑選了另外一處更加合適的地方設立集市市場。陳送乘機提議由他自籌資金建造這個市場，只要官府免收幾年稅金、讓他自由經營市場即可。結果，他並沒有得到任何回覆。儘管如此，陳送對與法夸爾的交往還是感到十分自在，他私下和法夸爾在一起時稱呼他為威廉。法夸爾不像其他英國官員那樣總是一本正經，他像本地人一樣身著紗籠、口操馬來話。可偏偏這樣一個深受民眾喜愛的駐紮官，後來卻被萊佛士向印度總督打報告給罷官免職了。一八二三年十二月，法夸爾跟擁戴他的新加坡島上各族居民依依告別。在他臨行的那天，從住處到他離岸上船的渡口，到處站滿了送行的人列。即便是在他乘上小船擺渡去「亞歷山大號」艦船時，許多民眾還開著舢板隔舟伴行。開往英國的航船在通過麻六甲海峽北上時，船過麻六甲和檳榔嶼，當地居民都紛紛向他致敬讚禮。

陳送在七十三歲去世的時候，六十二歲的法夸爾已經退休，在英國安度晚年，而萊佛士爵士則已經在十年前以四十五歲的壽限過世。陳送的魂靈在靈堂上漂浮著，天都快亮了，他還沒有看見寶貝女兒娟兒的蹤影。莫非她還在生爹的氣，就因為爹阻擾了汝跟拉惹成婚的事？他心中默默唸叨道。陳送很早就盤算好要為娟兒找一個門當戶對的夫家。可是爹爹這麼有錢，能夠配得上的島上候選女婿還真難以找到。他想去唐山給女兒物色一位夫婿。在他去世前的一年，他就此事託了回唐山的帆船老大。可是沒過數日，娟兒卻說她心上已經有了真命天子，一個絕對門當戶對的好夫家。在陳送的緊密盤問下，女兒才道出她看上了蘇丹東姑胡先的真相。他當場搖頭，表示堅決反對。

這個東姑胡先原來本該是柔佛廖內蘇丹王位的繼承人。當父王駕崩時，不巧他人正在彭亨而不在宮內。根據馬來皇家習俗，他被剝奪了繼承蘇丹王位的資格，王冠寶座旁落到了他同胞弟弟的手中。萊佛士登島後，本來要跟住在新加坡河一帶的天猛公阿都拉曼簽訂協定，建立落腳據點。但是，根據廖內蘇丹和荷蘭人之間的條約，天猛公無權代表蘇丹與外國訂約。於是，萊佛士便派人把藏身在廖內卡里蒙島上的東姑胡先帶到新加坡，許諾會幫他奪回柔佛蘇丹王位，並公開宣佈支持東姑胡先為合法的廖內蘇丹。然後，萊佛士和東姑胡先在一八一九年二月六日簽署條約，借租新加坡島給英國東印度公司當港口。五年半後的一八二四年八月二日，新加坡第二任駐紮官克勞福又同東姑胡先和天猛公簽署了一紙協定，把所有的新加坡權益都割讓給英國。第一次交易的結果，天猛公搬離新加坡河邊的舊住所，在直落布蘭雅得到了一處新居所，另外還得到了一塊界於丹絨巴葛和直落布蘭雅之間二百英畝的土地；東姑胡先則從英國東印度公司那裡，拿到一筆錢用來建造甘榜格南的馬來皇宮，另外他還得到了梧槽河邊的一塊土地。第二次把全島割讓完的回報是，東姑胡先得到三萬三千二百西班牙銀元，外加每月一千三百元，天猛公入袋二萬六千八百西班牙銀元，外加每月七百元。

陳送曉得東姑胡先只是一個英國人的傀儡，在他心目中東姑胡先和天猛公是一對貪得無厭的蠢蛋。天猛公在一八二五年就翹辮子了，而東姑胡先也比陳送先一步在麻六甲登天。自己的心肝寶貝娟兒偏偏這麼糊塗，要嫁給這樣一個混蛋。這個東姑胡先先前已經討過三個老婆，娟兒一心準備皈依伊斯蘭教，去做這個傀儡蘇丹的第四個老婆。陳送氣不過，他撂下重話：如果娟兒膽敢嫁給東姑胡先，他就與她斷絕父女關係。可娟兒像是吃了秤砣似地鐵了心，她斷然出走，寧死不從。從此之後，他就再也沒有看見愛女一眼，也沒有得到娟兒的任何消息。他是多麼地期望在自己的靈堂裡再見上娟兒一面啊。

天色漸白，陳送一直沒有等到娟兒的身影。這天是喪禮的出殯大日子，整個新加坡島都被送葬的陣勢弄驚醒了。那可是島上極盡哀榮之盛大喪事。島上全部二萬多居民，幾乎家家戶戶都接到了他的訃告，居然有半數的居民出席和觀瞻了他的喪禮。隆重的出殯隊伍前由一個巨大的人偶塑像開道，長長的治喪隊伍繞過島內繁華的商業街區，緩緩向福建人的墳場進發。

陳送的魂魄一路跟著隊伍在遊走，他還惦記著他的寶貝娟兒，可是他最終連娟兒的影子也沒有見到。過了這麼多年，至今他還是島上居無定所的遊魂一個。

阿卡夫奇談

題記

比達達利是新加坡自二〇一五年開始興建的一座居民新鎮。「比達達利」的原文是「天神的仙女」的意思。最早大約是在十九世紀中葉，這裡出現了一棟名叫比達達利的豪宅，豪宅主人是一位名叫亨利・西門斯的商人。西門斯晚年動身回返老家英國養老，把這座宅邸轉手賣給鄰居天猛公阿布巴卡。天猛公後來成為柔佛蘇丹，這片人間仙境則被善於規劃的殖民地政府所徵用，改造成教徒身後的安息地。墳場於一九〇七年開始啟用，四十五公頃的土地預留為基督教墳場，三十三公頃的土地劃歸為伊斯蘭教墳場。到一九七二年封山時，基督教墳場已經立滿十四萬七千座墓碑。一九六四年，政府宣佈比達達利未來發展住屋藍圖。又過了近四十年的光景，比達達利墓地起墳工作在二〇〇二年開始展開，兩年後宣告完工。有關當局採納民間組織的建議，刻意保留一道墳場大門和二十座墓碑，作為妝點島國歷史，留給後代的人文遺跡。二〇一五年，政府在比達達利一口氣推出七個住宅專案，提供約六千一百個政府組屋單位，分配給人口不斷增長的島國居民。在比達達利發展總藍圖裡，這裡將計畫興建一萬個住宅單位。第一批申購的組屋於二〇一九年年中開始入住。

在比達達利還曾經存在過一座阿卡夫湖園林。這是一座阿拉伯裔富商阿卡夫當年建造的園林，園內原有可泛舟的一汪湖泊，湖面上架設一道日本式橋樑，水泊岸邊綠樹掩映中設有茶室和船屋等零星建築。原有的湖泊在一九六四年被填平，上面蓋起房屋，成為學校校舍。如今的比達達利也有一個蓄水池，但那是建造新鎮時重新開鑿的，仍然被命名為阿卡夫湖。

＊＊＊

李今算是新組屋申購者中幸運的一批，在不久之後就領到新屋子的大門鎖匙。政府下令全國所有非必要工作都得停擺，新屋子的裝修工作無奈擱淺。他在還沒有來得及裝修的比達達利新組屋裡畫完一幅油畫，在準備收拾停當去隔壁房間睡覺時，手機裡傳來了老婆的視頻電話聲。李今的老婆是國家傳染病中心的一名護士，新冠疫情籠罩全城，戰鬥在防疫第一線的她一個人住在舊組屋裡，以策安全。和老婆通完話並沖了涼，李今一頭鑽進睡袋裡呼呼睡去。半夜裡，李今突然被一陣煙味嗆醒。半夢半醒的他走到充當畫室的房間門口，朝裡望去。房間的窗戶還沒有裝上窗簾，室內的動靜在黑夜裡如同白晝一般。一個人形的影子在月光下正端詳著畫架上的油畫。影子人體的頭部銜著一支香煙，一閃一亮地。李今正想打開電燈，影子卻先發出了聲音：「請勿要開燈！」這下子倒讓李今驚嚇住了，那影子不但瞭解李今心中所想，而且還竟然說著一口李今的家鄉方言。「你是啥人？」李今問道。

「你勿要嚇，聽我慢慢講。」影子回轉身來，吸了一口煙說道。睡意未消的李今順勢在畫室門口坐下，對著影子說：「你慢慢講，我在聽。」那影子口裡叼著香煙，走到窗臺邊，隱身在沒有月光的一角，面向窗外，開始娓娓道來：

我是從蔡厝港基督教墳場過來的，乘全島封城來比達達利探望老朋友小浦東。沒有想到這麼多年沒有來，他已經不在此地了。正準備回去時，聽見這屋內的講話聲，是你們的鄉音吸引了我。從窗外瞥見你畫架上那幅阿卡夫湖，我就沿著湖的邊緣走了進來。原來那汪湖是在小浦東墓地附近。打十二歲起我就在家鄉學做裁縫，十七歲時跟師父還有小浦東一起來新加坡。行前，母親跟我約法三章：第一，不准賭博；第二，不許抽大煙；第三，三年過後一定回家。李今被二手煙熏得不禁咳嗽了起來。影子連忙把香煙取下，煙火瞬間熄滅了。

我第一次來新加坡，是坐的英國輪船「藍煙囪」。我們三個人，師父、師弟小浦東，還有我，坐統艙，一路上漂了九天。小浦東一上船起就想家，加上暈吐，一路上人顯得無精打采的。師父給他頭上抹了藥膏，讓他躺下休息。船到新加坡，一出碼頭，路邊有許多印度人兌換錢幣的攤位。我好奇地雙眼盯住地攤上的各色金屬錢幣看，周圍的人則盯著我們三個人看。大熱天裡我們還身穿長褂，跟周圍的人一比較顯得怪怪的。師父帶著一封裁縫朋友的來信，要找上面寫的地址大東陵。我們四處問路，可是別人講什麼我們不明白。我們一路從碼頭走到歐羅巴旅店，在旅店門口階梯那裡碰見一位同鄉，他到旅店來送為客人漿洗好的衣服。等他帶我們找到師父那個朋友開的裁縫鋪後，我們才知道店鋪裡的人手夠了，不再需要裁縫師傅。多虧那位同鄉介紹，我們三人在烏節路的一個裁縫店裡有了落腳之處。那個裁縫店老闆很保守，不讓我動手裁剪新衣服，只准我修改舊服裝。這樣將來不會有多大出息，我就跟自己的師父說，想要另找出路。

在朋友幫忙下，我找到了新老闆。新老闆姓金，我叫他金師父。店鋪每天八點開工，我七點多鐘就到，在店裡做準備。我們是做女服的，顧客都是些洋人太太。我在家鄉教會裡學過英文，會說一點英語，就裡裡外外幫忙招呼顧客。老闆讓我照著時裝的式樣，看他怎樣在布料上畫線，然後裁剪落料，再用縫紉機把一塊一塊的布料接上，最後車成衣衫。快到一個月時，老闆對我講：「我給你三十元一個月，你願意跟我做嗎？」他給的比我原來每月只拿二十一元工薪還多，我當然願意。又過了半年多，老闆見我手腳勤快，乾脆讓我負責起店鋪裡所有大小事務來，他自己卻整天不見人影。有一天，老闆突然回到店鋪，告訴我他把店鋪全賭輸了。正巧，那時候有一間英國人開的時裝店，在國泰戲院對面，想請裁縫師傅。我前去應聘，老闆瑪莉錄用了我。這位英國老闆給的薪水比金師父給的還要多。就這樣，時間一晃而過，三年馬上就過去了。

按約定回到家鄉，媽媽和一家人見到我都很開心。那年冬天家鄉天氣特別冷，我的手生起了凍瘡，很不習慣。在家裡待了不到一年，我就告訴母親，想要回來新加坡。母親讓我先娶親結婚再走，我擔心新娘子人地生疏，不會喜歡這裡，就婉拒了母親的好意。待我去買船票時，輪船公司突然需要查看護照。我大聲問三菱洋行裡面的船務公司書記員：「為什麼？」裡面坐著的一個經理模樣的日本人走過來，用一口流利的家鄉話問我：「先生，你要到啥地方？」「我要去新加坡，但沒有護照。」「你要去新加坡呀！包在我身上。」他走去辦公桌打電話，回來對我說：「現在船位還剩下一個，九十二元一張，二等艙。」我當場遞上鈔票，訂好船票。

輪船到了新加坡，旅客上岸，海關的英國官員衝著我們一行人叫嚷：「護照！護照！」日本人船長手指一劃，用英語說：「這七個人是跟我一起來的。他們統統由我擔保，沒有護照！」英國移民官馬上放緩語調，溫和地說道：「那麼需要拍照，先做准證才可上岸。」我們各付五元錢，做了准證才入境上岸。等到了國泰戲院那裡，我才曉得瑪莉的時裝店已經關門了，只好前往師父家暫時落腳。幾個月後，土庫羅敏申那裡有人請裁縫師傅，我這就進了佩吉夫人開的店鋪。不久，瑪莉重新從英國回來。她先和佩吉夫人合股開店，店面就開在百得利路匯豐銀行對面，中國銀行隔壁，渣打銀行那裡。後來她們合開的店鋪散夥，瑪莉叫我去幫她。起先我不大願意，她就給我漲薪水，讓我去做大師傅。結果我跟了她，她生意一天比一天好，起初六個裁縫師傅，後來增加到四十多個，占用了五層樓面的廠房。

不久我結婚成家，就這樣一直幹到日本人打過來的時候。那天半夜聽到轟隆轟隆聲，以為是英國人在做防空演習。早上起來出去做工，從火城搭乘電車到大鐘樓下，走到百得利路渣打銀行隔壁，看見跟我們店隔開兩間的地方給炸彈炸出一個大窟窿。當天我就提出辭職，要帶家人逃難去。我從瑪莉那裡拿到兩個月的薪水，整三百元。回到家，同太太商量後，全家逃到後港的山芭那邊，躲了起來。日本軍攻進來的時候，我們已經從後港六條石山芭裡跑回市區，住在三角埔的對面。年初二，日本軍隊進市區，那天一下子外面沒有了炮聲，靜得有點怕人。再等一下子，日本人來了，鐵甲車插著膏藥旗，在馬路上橫衝直撞。我們躲在家裡，不敢出去。過了十多天後，我們這個區的人被趕往爪哇街集中起來。我把眼鏡留在家裡，不想讓日本人看見我像是讀書人的樣子。我們領到兩張「檢」字，太太一張，我一張。我們搬家到水仙門的一間亞洲乾洗店樓上，屋租十一元，廚房與房東合用，一戶一半。住家對面的酒店街，住著九十多戶人家，其中有一間空的店面，我想把它承租下來做點生意。我在芽籠認識一個做男服的朋友，他當時在車日本式黃軍褲。我從他手上買下一條褲子兩元五角，拿到這邊賣給日本人一條四元錢。我租下這個地方，專賣日本人的軍褲。

有一天，從工部局裡過來一個日本人，來跟我買褲子。沒有想到，這個人就是當年在三菱洋行的船務公司櫃檯裡賣給我船票的那個人。他認出了我，我也認出了他。他拿出香煙遞給我一支，我不好意思拒絕，只好硬著頭皮接下來抽。他好像出於無聊，經常過來跟我聊天，我也順便跟他學了一些簡單的日語會話。起初他給我一整包煙，我不抽，放著。一包香煙，「興亞」牌，戰時能夠賣八毛錢。我取一包跑去香煙攤，賣給攤主。三年零六個月，我天天早上替太太出門買菜。用一包香煙錢，可以買全部的菜。因為我會講一點日語，來我這裡的日本客人漸漸多了起來，給煙的人也多了起來，有的一給就是兩三包。這煙算是日本高檔煙。閒來沒有事做，我就拿香煙來抽著玩，這一抽就戒不掉了。做軍裝的黃色布料用完後，這軍褲生意就做不成了。漸漸地日本的女護士來了新加坡，我又當回裁縫做女裝，還學會做日本女服。這樣一年一年總算挨過去了。有一次真危險，聯軍飛機來扔炸彈，一塊炸彈片從屋頂上面滾落下來，掉到對面的街上，又飛彈回來。我一看，這炸彈片燒到通紅的。沒有炸死我，卻嚇得我半死。

也就是日本人在新加坡的時候，我的師弟小浦東丟失了性命。日本人攻打中國，戰時不通郵，我們跟家人失去了聯絡。直到戰後，才重新恢復通上信函。淞滬戰爭爆發，浦東淪陷，小浦東父母遇害。得到噩耗的小浦東要去尋死自盡。在我們幾個朋友的安撫下，他好歹總算挺了過來。小浦東一直沒有結婚成家，想等戰爭一結束就回家鄉。日本軍占領新加坡後，有一次不知道什麼原因，小浦東走進了日本人劃定的軍事區，結果被日本憲兵當場開槍打死。我和師父一起去認領屍體，然後把他安葬在比達達利基督教墳場。日本人投降後，師父回家鄉去了，我已經成家又生了小孩，就這樣留了下來。生前，我每年都會來看小浦東。

「哎！時候不早了，天要亮啦，我得離開了。」李今略一愣神，一抬頭，那影子已經不見。當李今徹底醒過來時，屋外天色已經大亮，他從睡袋裡爬了起來。洗漱完畢後，逕自走去畫室房間的他，在那幀新完成的畫作前的地面上，發現一截煙蒂。他不由自主地將視線投向畫布，半是疑惑半是愕然地，望向那幅阿卡夫湖油畫。畫面上一陣煙雲蒸霞、波動不居，倏忽又歸平靜。

疫年失棋友

大疫之年，萬物蕭條。河道漫坡上的野草瘋長，如同封城時漫無目的的記憶。時值年終，點算著一年來個人的得失，至今還讓我心中隱隱作痛的是今年病歿的忘年好友王一泉。

論年齡，王一泉可以做我的叔父輩，而他卻把我當成兄弟。認識王一泉是上世紀末年的事。那時候，亞洲金融風暴席捲東南亞，我所服務的投資公司清盤倒閉，我本人丟了工作，蟄居在一間郊外市鎮的組屋單位裡，跟本地房東同住在一個屋簷下。在那些日子裡，我整天無所事事，每日三餐就在樓下的咖啡店裡草草對付了事。久而久之，我發現在咖啡店隔壁的另一棟組屋樓底，老是聚集著一群人。待仔細觀察後我才明白，他們原來是圍在圓形石桌面刻畫的棋盤上看下象棋，「將士相車馬炮卒」棋子在想像的楚河漢界時常殺出騰騰的硝煙來。一個穿著白色背心的矮胖老頭，坐鎮棋盤一首，儼然就是一位常勝將軍，與他交手廝殺的各路棋手則如車馬燈似地輪流替換著。

我已經好多年沒碰象棋子了。以前在讀大學時，我是學生宿舍裡出了名的「棋王」。那時候，初登文壇的阿城發了一篇中篇小說《棋王》，頓時聲名大噪，讀書界無人不曉。下棋成癮的我，把學生宿舍變成了同學棋友連環擺陣廝殺的戰場。同宿舍樓裡的人見我嗜棋如命，就把「棋王」的外號轉贈給我。可我絕不是阿城小說裡的棋呆子王一平，只是對下棋這一件事感興趣而已。說也奇怪，我對在讀的專業一點也提不起興趣，覺得所學課程十分乏味枯燥。相對而言，象棋棋盤上的佈局以及凝神對弈時的籌謀，才讓我交感神經異常興奮，車馬炮卒的橫衝直撞令我格外地感到滿足。大學本科畢業後，拿到一紙大學文憑證書的我卻沒有急於離校參加工作，像大多數其他同學那樣，成為某家工礦企業的工程師，或是哪個機關單位的國家幹部。我報考了剛興辦的工商管理碩士課程，在順利地拿下ＭＢＡ學位的同時，個人興趣也從下象棋轉為金融投資。畢業後，我應聘加入一家外資商團，不久便被派送來新加坡區域總部工作。隨著環境的改變，象棋愛好與我則漸行漸遠。

看見一群人圍著棋盤著迷，使我一時回到在大學裡和棋友較量棋力的恍惚記憶中。一次飯後，我向那群人走了過去。正巧，老頭剛又贏了一盤棋，對手灰溜溜地敗下陣來。有人見我這一個新面孔向棋盤走來，便慫恿我坐在老頭對面的位置上，廝殺一盤。我也沒推讓，順勢便一個屁股坐在棋盤另一端的石凳上，未加思索便把右手食指搭到已經擺好棋子的紅炮上。我已經很久沒有下棋了，但摸子動子的棋盤規則還銘記在心。我手指一橫走出一步炮二平五，這是一著平常而穩健的開局棋。馬二進三，對方謹慎應對，走出一步積極防守的棋。馬二進三，我伺機出擊。炮八平六，對方穩紮穩打。車一平二。馬八進七。重新找回棋盤和棋子感覺的我漸入佳境，完全忘我地投入到運籌幃幄、逐鹿中原的境界之中。不料，這一盤以反宮馬開局的對弈，竟然殺到天昏地暗，漸漸成了一部殘局。最後，棋盤上只剩下紅帥一士，黑將一馬。正當我有點感到疲乏的時候，對方以「獨馬擒孤士」一招把我將死。

當我起立認輸時，天色已經大暗。在一旁觀棋的人從觀棋的凝神中緩過勁來紛紛起身回家時，老頭這才把目光第一次專注地投射到我的身上。他向我伸手來握，並自報姓名，同時誇我棋下得精彩。當我得知老頭的真實姓名是王一泉時，差一點開口想問他是不是王一平的兄弟。我暗自思忖，如果論起年齡來他們還真可以當兄弟，只不過一個天南，一個地北，一個是現實生活中的大活人，另一個是虛構小說中的人物。打那以後，我們就成了棋友，經常在一起切磋棋藝。

一次下完棋，觀棋人四下散開紛紛離去。他見我沒有立刻離開的意思，便指了指馬路對面的組屋，說他就住在那裡。他問過我喝什麼後，去隔壁的咖啡店叫了一杯咖啡烏給他自己，一杯奶茶給我。我就坐在那裡，一邊喝著茶水，一邊聽他講述自己的經歷。在我念大學的那些年裡，王一泉被一家駐新加坡的美國公司派往中國常駐。他在中國一待就是二十年，直到我們認識的那一年前，他才回來新加坡。他所服務的那家美國企業是世界機械行業響噹噹的業界領軍，公司當初在新加坡設立亞太區域中心，中國市場的運營受新加坡辦公室的統籌領導，但在很久一段時間內，中國業務進展緩慢，不盡理想。美國老闆慢慢地體會出來，中國的大陸市場是一塊特殊的商業戰場，它的特殊性比鬆散的東南亞市場有過之而無不及，因其地域遼闊、中國內陸和沿海地區的發展各異，情況遠比其他市場來得複雜。這塊市場潛在的誘惑力實在太大，美國老闆最後悟到：不入虎穴，焉得虎子，準備直接派人進駐中國。

就是在這個時候，王一泉從報章的雇傭廣告欄看見一則招聘啟示。他那時還在本地一間私人企業當銷售經理。從傳統華校畢業的他，離開學校後沒有能夠進入大公司工作。他的英語水準有限，做做普通業務上的溝通、草擬一份簡單的銷售合同還勉強可以，但卻難以一登大雅之堂。他跟我說，那時候本地受英文教育的人士嘲笑他們這類人講的英文不標準，就給他們取了一個外號，叫「中華牌直升機」。他本來想自己做生意，但一缺少創業資本，二沒有投資機緣，進國家公務員體制，自己的學歷不夠硬、英語程度又不夠，就只好待在私人小企業裡打拚、奮鬥。總算，在三十而立之年他結了婚、成了家。老婆是小學同學兼玩伴的妹妹，儘管她也在家裡說華語，但她是從英校畢業的，就職的又是本地一家著名的電信公司，條件比他優越。小倆口結婚之後，申請了五房式的政府組屋，用兩人的公積金分期付款供屋足足有餘。婚後一年，兩公婆生下了一個大胖兒子。這小日子愈過愈紅火，但他總有點不大稱心如意。

做完月子回去上班的老婆在公司裡仕途變得通達起來，很快就升任為經理，幾年後再成為區域經理。反觀他自己在小公司賣力地幹活，每個月都在為完成銷售指標而疲於奔命，他的薪水增長愈來愈趕不上自己老婆薪水的增長幅度。其實，老婆對這倒並沒有在意什麼，也許是自己小學同學的妹妹，大家知根知底的緣故吧。隨著老婆的薪資上升，她的工作職責範圍也擴大了，晚上放工回家也愈來愈遲。他自己也常常無法按時收工回家，好在他的岳母願意照顧他們的兒子。虧得有他岳母照看著，他自己的父母早亡是幫不上忙了。於是把兒子寄養在岳母家後，兩人平時就埋頭於各自的工作中。看見老婆在工作上遊刃有餘，大有進一步提升的機遇，而他自己卻清楚地意識到已經到達事業上升的瓶頸。他開始擔心自己在公司裡的位置，生怕隨時有敗走麥城的可能。就在這時，他讀到了報章上的那份招聘啟事。樹挪死，人挪活，他悄悄寫了求職申請書。

應聘信發出之後久久不見回音，月底公司銷售報告會安排在星期五晚上五點開始。會議正在進行中，他接到了美國公司通知他去參加面試的電話。接聽電話的他幾乎嚇了一跳，怕自己在另找工作的祕密被同事和老闆發覺。星期一上午，他藉口訪問客戶，悄悄地去參加了面試。其實，他本來是想請假的，他並不喜歡做那種偷偷摸摸、貪圖小便宜的勾當。但是，他想不出什麼好理由來請假，便違心地偷偷去了位於市區的寫字樓。初次面試的結果讓他並不感到滿意。面試團由三人組成：一個外國洋人主管，一個中國大區市場經理和一位人事經理。他明顯感覺到那位比他年輕的經理對他態度輕慢，而另一位洋人卻似乎對他的背景十分感興趣。人事經理從頭至尾沒有問他一句話，只是在最先說了一句開場白，最後又告訴他如果這次面試通過，還要在一個月之後再舉行第二次面試。

一個月很快就過去了，他沒有接到通知。就在他幾乎將這次機會當作失敗再也不去想它時，人事經理打來電話，讓他下個星期去參加第二次面試。在第二次面試現場，他見到了後來在中國共事二十年之久的美國人詹森。他還記得，那天同一位經理因為他某個英文單詞的發音出語揶揄諷刺他。在做最後陳詞時，他特意誠懇地承認自己英語發音的錯誤，說明自己是受華文源流教育出身，對英文還須加強進修。沒有想到，詹森卻對他大加讚賞，說他就是公司需要聘請的經理人，因為他既瞭解中華文化背景，又懂得技術和市場行銷。第二天，他就接獲被公司錄用的書面通知。在這之後，他和詹森在中國度過了令人愉快而興奮的二十年。中國經濟的騰飛讓他們在這個新興市場斬獲頗豐，但同時技術的快速轉型及行業的兼併和收購，卻讓他和詹森最後雙雙提早結束了在中國的黃金職業生涯。

在中國告別了比他年紀稍長、正式退休打道回府去美國東海岸安度晚年的詹森後，王一泉回到了位於新加坡業已陌生的家園。他的兒子服完兵役、讀完大學已經參加工作，二十年的空窗期是這對父子之間永遠無法填補的空白，時空上的空白造成了彼此感情上的隔閡。這父與子兩代人當中的隔閡就如覆水難收，任憑怎麼彌補都不可能似地，簡直成了一道不可逾越的鴻溝。老婆還在原來的電信公司勝任要職，依然是那般忙碌。與之前在中國的充實生活相比，他回到新加坡後的生活顯得枯燥無味得很。當他尚在中國時，雖然妻子因為自己的事業不願來陪他，兒子因為接受本地教育也不願離開從小長大的地方，但他自己儘管工作繁忙卻過得倍感充實，沒有一天虛度過。在工餘假日裡，他熱愛上了下象棋，除了在網路上結交各路棋友對弈廝殺之外，他還把下棋的體會結合舊南洋的人情世故寫成博文，開了以北漂老李冠名的博客，漸漸吸引了上百萬中國粉絲和擁躉。在中國的生活讓他這個在新加坡土生土長的傳統華校生如魚得水，他一方面盡情地工作，另一方面也盡情地玩樂，身心愉快。回家之後生活上和心理上遭遇到的巨大反差，讓他格外地懷念起過去在中國度過的美好時光。正因為此，他意外地在一盤棋逢對手的象棋博弈後認識了我，便打心眼裡認定我是他的一個難得的知交。

在瞭解到我失業的情況後，他鼓勵我振作精神，重新去尋找機會，並把求職的網撒得廣一些，拓寬眼界向區域國家進軍。經過大半年堅持不懈的求職努力，終於讓我在杜拜找到了一份銀行的工作。當我興高采烈地將這個消息告訴他時，他幽幽地對我說，他不久後也將重返中國，參加新的工作。在我離開新加坡去杜拜之前的一個星期天，我們見了面，下了一盤棋。他讓我執紅先走，我以反宮馬開局，他順口指出這是中國象棋常勝冠軍胡榮華常用的開局。這次下棋我沒有感覺到他以前著棋時那般滴水不漏的縝密思路。我能夠體察到他沒有專心跟我下棋，很快便被我瞅準一個破綻，白白讓我生擒了一隻馬。棋未到終盤，他就推盤認輸了。我問他：「一切可好？心裡有什麼煩心的事情？」他說他剛做了體檢，除了血壓、血脂、膽固醇略有點偏高之外，一切都很正常。最後，他還是透露了他的真實心情。本來他是完全可以退休在家安享晚年生活的，但離開新加坡這麼多年，他已經完全適應了在中國的生活環境，以及那四季變換，還有那風土人情。現在待在家自己完全像一個局外人，他感到苦悶，想再出去幹活，找回一點自我的良好感覺來。經人介紹，他認識了一家在中國設廠投資的中小型企業的老闆，對方正好缺少一個在中國駐廠的管理人員。經考慮再三，王一泉決定抓住這個機會，收拾心情，再出江湖。在正式加入這間公司之後，他才認識到公司內部面臨的許多問題。但是，雇傭合同已簽，他不能事後反悔，但心裡不免產生了些許騎虎難下的雜念。

我去了杜拜，王一泉又再次前往中國，其間有數年時間我們幾乎沒有聯絡。在沙斯（SARS）疫情平息後不久，我離開杜拜回到新加坡，開始在本地一家中資銀行出任副總經理一職。因為履新事務繁忙，我沒有顧上聯絡他。又過了幾年之後，我才跟他重見上一面。他那時候剛剛離開原來那間在中國設廠的企業，算是徹底退休了。那次見面後不久，聽聞他那間公司的老闆在跟他打官司，說他在中國假公濟私、貪汙枉法。我不相信他是那一號人。我成了本地財經新聞的熱門採訪對象，一個經常被本地大小媒體報導的銀行界名人，也許因為這個他反而漸漸不再主動與我聯絡了。我人忙事雜，只是在逢年過節時，才打電話給他道福問好，而我們見面的機會則愈來愈少，我也沒有時間找他坐在一起下象棋了。因為銀行忙於在不久的將來獲得新加坡特許全面銀行牌照，即便是在大疫之年我也是忙得不可開交。

再得到有關王一泉的消息時，他已經是照片和姓名全部出現在報章的訃告欄目裡，那是在四月新加坡封城的時候。六月份初段解封，我去往日我們下棋的組屋樓下坐了一會兒。圓形石桌上的棋盤紋路還清晰如舊，我的忘年好友王一泉卻已人赴黃泉。沒有了王一泉，這裡似乎也變得冷清了許多。

在步行回家的路上，經過用來排泄洪水的河道，河道漫坡上的野草把我的視線引往天邊灰色無邊的天際。願我的忘年好友王一泉在天之魂得以安息。

第三條錦囊

他終於從九千尺深的地底下升到地平線之上。他站立在建築物的頂層向東西南北各方望去，到處都是汪洋一片。他視線極目之處是水天交接的一線。他頭腦裡還殘留著在地底下閱讀過的簡報所留下的印象：鄰邦馬來西亞的多個城市已經被上升的海平面所吞沒；北面的柔佛、玻璃市、吉打、檳城、霹靂、森美蘭、登嘉樓、彭亨、吉蘭丹，以及東馬的砂勞越都已沉入海面之下。南部千島之國印尼則成了萬礁之國。更為糟糕的是，由於北冰洋冰川融化，原本凍土由億萬年前的地球冰河時代大陸板塊撞擊形成的蛇綠岩在曝露天光後，封存在岩石裡面的二氧化碳和甲烷氣體開始大量溢出，釋放到地球大氣層內，促使溫室效應加劇。另外，南極洲和格陵蘭島上的冰川融化後，引起地球引力場的改變，導致處於赤道熱帶地區的海平面上升幅度比地球其他地區更高。

此刻，他站在地球北緯一度線上。他摸了摸臉上戴著的口罩。自從若干年前的庚子之災發生之後，這口罩就成為人類的一個嶄新服飾。不論是在地球的南半球還是北半球，也不管是什麼季節，口罩成了一種必需品，就好像人類貼身穿戴的內衣褲。各國富有才華的設計師們將口罩與各地的傳統服飾文化相融合，設計製作出不同款式的口罩。各種天然或人造棉夾層裡的碳過濾層巧妙地把有害氣體阻擋在人的鼻孔外面，這樣就不至於因為吸入地球上的有害空氣而讓人的胸腔裡的兩葉嫩肺受到傷害。人體器官的進化速度終究沒有趕上地球環境改變的速度。他這次上到地面來是想近距離地親眼看一下地球，因為他從祖先留下的最後一條錦囊妙計裡，讀到了撤離地球的指令。

當老太爺尚在世時，他們還住在面臨海灘的洋房大屋裡。因為地球氣候的變遷，極端天氣常常給他們的生活帶來麻煩。一天，老太爺從存放貴重物品的保險櫃裡取出一條錦囊來，並指著另兩條錦囊對兒孫們說，這是先人留下的，只有在大難臨頭的時候才可以打開，它們會提供避險的妙方；現在是我們使用第一條錦囊妙計的時刻了。經過一番慎重的儀式後，老太爺掏出藏身在錦囊裡的第一條妙計：深挖洞。他今日能夠從九千尺深的地下上到地面來，多虧了這第一條錦囊妙計。當年，老太爺花費了半輩子的心血，為後代子孫打造出一座地下宮殿。老太爺死後，海水經常倒灌海岸地帶。到了他父親手上，只得打開第二條錦囊：高築牆。於是，他的父親花費了大半輩子的心血，沿著海岸線築起一道厚實的高牆來。經過高速電腦模擬計算，高牆可以阻擋地球百年一遇的大洪水。

　　但是，地球的物理環境變得愈發不適合人類居住，到了他從父親手裡接過權杖的時候，他不得不率領家丁統統轉移到地底下去。儘管那裡有取之不竭的新能源，但渴望若星空一般自由的子孫們卻整天叫嚷著要飛向太空。於是，他像他的先祖一樣先沐浴淨身，然後虔誠祈禱，打開了最後一條錦囊：走為上。

他自此花費了大半輩子的時光打造一隊太空梭，可以讓住在地下宮殿裡的男男女女、老老少少一道搭乘，以便一走了之。同時，他又在茫茫宇宙中確定了一個代號為Gliese 832的星球，作為自己的寄居家園。他最後深情地看了一眼地球表面的水光一色，一按電鈕把自己重新送回地底下的世界。

三月十二日

早晨，當你起床之後從臥室裡走出來，家裡只剩下你一個人了。

三月十二日，星期一。你瞄了一眼檯曆，又想起上個星期五發生的事。那天上午，老闆把你從辦公室叫到位於辦公樓五層的餐廳，跟你談話。在你耳裡聽來，老闆前面的開場白全都是廢話，直到最後一句：「凱文，今天是你在公司的最後一天。回到辦公室，你會拿到你的薪水支票。謝謝你過去幾個月的合作。」說完話，老闆端著一副微笑的臉，站起身子向電梯間方向走去。你就這樣被晾在餐廳裡，頭腦稀裡糊塗的。坐了好一會兒後，你才回到辦公室，老闆娘已經把支票準備好了。你在結帳單上簽字，拿過支票就出門回家。

那張支票現在還在你公事包的資料夾裡躺著。洗漱完畢後，你拿出那張支票，在支票背後填寫好自己的姓名、銀行帳號和電話號碼。穿好鞋襪襯衣，你便走出家門。在小販中心吃完兩片烤麵包、兩粒半生不熟的雞蛋，喝完咖啡後，你走到附近的銀行支票箱前。看了看支票上的阿拉伯數字，心裡估摸著這錢可以讓你不愁吃喝多少天。然後，你把支票從牆上的開縫口投入銀行支票箱。

銀行大門開著，裡面顧客滿盈，都在等櫃檯前天花板下懸掛的螢幕跳出自己的號碼。你莫名其妙地隨著人流走進地鐵站。以前上班是坐西向的地鐵，今天你站到對面的月臺，上了一輛到站的東向列車，向市區方向而去。也不知道在哪裡你換了地鐵線，最後在烏節站下了車。本來你想去邵氏大廈的麗都去看場電影。走在人流稀疏的地下商場裡，你又改變了主意。你隨意地東看看西瞅瞅，逛完了地下層又沿著電動扶梯走上路面層。走過了索美塞，又過了多美歌，馬路對面是總統府，馬路這邊是總統府花園。

你突然很想進總統府看看。但是，總統府只是在公共假日才開放給公眾參觀，今天是普通的工作日，總統府的大門緊閉，門口的持槍衛兵一絲不苟地站立在那裡，沒有人靠近。總統府花園是後來興建的，跟總統大概沒有絲毫關係。進不去總統府的你，就繼續沿著路邊小道往前溜達。就這樣子，你不知不覺地走進新加坡博物館。

＊＊＊

「Are you OK?」你在博物館漆黑的環幕影視室裡竟然迷迷糊糊地打起了瞌睡，一不小心碰到了旁邊一位遊客。「Sorry, I'm sorry.」你忙不迭地陪著不是，同時也把走透烏節路後帶來的一身疲乏給送走了。

你七拐八彎地順著展廳牆上的順序號看著展館裡的展品。突然，你在一個編號為1104的展牌前站立住：一九二七年三月十二日。今天不就是三月十二日嗎？你按下解說耳機控制鍵上1104這個號碼。

＊＊＊

奇怪，你竟然發現自己站在明晃晃的大街上！這是在哪裡呢？你問著自己。有點兒像丹戎巴葛尾靠近牛車水的什麼地方，但街上的建築怎麼像舊照片裡的模樣，連街上的行人也穿著舊時的服裝？你一低頭，驚異地發現你自己也身著唐衫腳履布鞋，一番百年前的打扮。你正在犯著疑惑，卻聽見身後有人在「凱文、凱文」地呼喚著你的名字。你扭頭一看，不禁脫口驚呼道：

「華生，怎麼會是你！」

華生是你小時候的鄰居，他是跟他父母親從海南島搬來的。你們在同一個鄰里小學讀書，小學四年級他被名校的天才班選中了，從此你們就沒有再見過一面。聽說他後來讀了大學，而你進了工藝學院讀商科。後來兩家都搬遷了，你們也就失去了聯絡。此時此地你們能夠相遇，儘管你當下對自己所在何處還有一點迷惑不解，但小學同學兼鄰居的感覺一下子讓你增添幾分溫暖和親切。

「華生，這裡是什麼地方？」你終於把心頭的疑問說出。

「這裡靠近大坡大馬路。我們去歡樂園玩吧！」華生用堅定的語氣回答道。

你們乘上軌道電車往牛車水方向行駛。奇怪的是，車廂裡的日曆顯示今天是星期六。星期六的車廂裡乘客人不多。

不久，電車在麥士威路前停住不動了。「嘟！」車長不停地撳響喇叭，馬路被擁擠的人群堵塞了。你放眼望去，問華生到底發生了什麼事？「那是示威遊行的人群！」你對人群如此眾多而大感震驚。

透過車窗，你看見錫克族交警猛吹著口中的哨子，試圖引導疏散人流。可是，人群絲毫沒有一點退讓的意思。

在乘客的要求下，車長打開車門讓乘客下車。你和華生一同步下軌道電車，想步行前往歡樂園。突然你聽見人群在高呼：「孫醫生永垂不朽！祖國萬歲！」

你抬頭望去，發現你和華生正在經過牛車水警局門口。華生指著警局門口那個指手畫腳的人說：「他是警長戴爾。」戴爾站在那裡，指揮著馬來與錫克警察快速在警局的臺階前排成一列。

「砰！」突然，戴爾向空中開了一槍，他試圖把人群驅散，但這招並不奏效。「祖國萬歲！」的呼叫聲愈發響亮。遊行的人群似乎並不把他放在眼裡，這讓頤指氣使的戴爾愈發生氣。

華生說，他感覺到麻煩的事就要發生了。頃刻間，只見一個人急速奔向戴爾。就在這時，戴爾咆哮著向他手下的警察發號司令著，但那些警察一個個都猶豫不決。他上前提起他們當中一個人的手臂，端著手槍，指向人群：「你們這些見鬼的傢伙，開槍呀！向那些混蛋開槍！」

「大家散開！」那個撲向戴爾的男子高聲叫喊。但是，他的叫喊聲被毅然決然地向前邁進的人群的呼叫聲淹沒了。

「砰！砰！」警察開火了，人群一下子抓狂了。四周一片混亂，許多人往附近尋找避難場所。有幾個人中彈倒地，躺在地上一動也不動。華生一把將你推倒在地上，你倆伏在路邊的道坎後面。

一些遊行示威的民眾撲向警察，開始赤手空拳與警察對打起來。有一個人和一名錫克警察扭打在一起，剛才撲向戴爾的那個人順勢奪過那個警察的手槍。那人手裡攥著手槍，四處尋找著想要追查的目標。

警長戴爾這時正站在警局外的高臺上，口裡叫嚣著命令。那人躍身向前，舉槍瞄準了戴爾。戴爾低身躲過迎面而來的子彈。「咳喳，咳喳。」那人的手槍沒有槍彈了！在混亂中，他一腳踢飛戴爾瞄準他的手槍。那人和戴爾抱到了一塊兒，兩人一起重重地摔倒在了地上。戴爾身強力壯，那人無法制伏他。戴爾試圖用腳踢那人。那人隨手從地上抓起一塊石頭，不停地向戴爾的頭上砸去，一直到他失去知覺為止。

「砰！」最後，那人也倒在地上，胸口劇烈地起伏，喘著粗氣。你看見不知什麼時候從天上散落下來一地的傳單。

遠處傳來海南人哭喊的聲音。華生聽得明白其中的意思，他輕聲而堅定地對你說：「跑，快跑！」此時，許多念頭擁進你的腦海，卻沒有一絲恐懼感。你心中升起一股英勇豪氣。

＊＊＊

「這位先生，請醒醒！不好意思，博物館要閉館了。」一位秀美的女生把你從深度睡眠中叫醒。

你睜大雙眼，再次看了一下展室裡編號為1104的展牌。你忽然開口問了一個在別人聽來有點莫名其妙的問題：「今天是星期一還是星期六？」

二月七日下午五點四十七分

一

歲末年首，小島的天氣變化很無常。每到下午時分，天空的雲層就聚集成厚厚一團，像黑棉絮似的鋪天蓋地。然後就像是有一雙看不見的巨手，把濕漉漉的棉絮用勁擰過，將雨水盡數向大地傾注。

星期二下午兩點，大衛望著窗外愈積愈厚的雲層。他的手機應用程式告訴他，現在從武吉班讓的住家去翡瓏山殯儀館，搭公共交通需時六十分鐘，去萬禮火化場只需要三十分鐘。上個週末，他從圖書館的閱報欄讀到一則新聞，說本地上世紀中葉一位曾經叱吒風雲的左派領袖逝世。他挺好奇，想去停柩的翡瓏山殯儀館看看。

翡瓏山那地方曾經是一個火化場，他去過兩次，那是很久以前的傷心事了。過後，他再也不願去那個地方。後來，本地的火化場搬去了萬禮，他一次還沒有去過。的確，好端端地沒事，誰會去那個地方呢？

大衛今年將近五十歲，未婚單身，住在一間三房式組屋裡。還在學校念書的時候，他的父親就去世了。待他做完兵參加工作沒多久，母親也離開了人世。大衛成了孤兒。父母親雙方都有一些親戚，但他不愛走動，也就慢慢失去了聯繫。年輕的時候，通過他人介紹，與適齡的女孩子相過親。也不知道是別人看不上他，還是他看不中別人，反正幾年過去了，也沒見他結婚。

在工藝院校讀書時，他結識過幾個好友，在服兵役期間也認識了兩三個知己。但是，時過境遷，老友們都成了家，他也就慢慢地把自己的活動天地退縮到自己的窩裡。

剛參加工作時，他在工廠當技術員。後來工廠搬去了其他國家，他轉行當技術銷售。再後來，他丟了工作。因為是單身一人，房子又是父母遺留下來的一間四房式組屋，他沒有任何房屋貸款，所以經濟上也沒什麼壓力。他把四房式組屋賣了，又通過建屋局的單身人士計畫用公積金購買下現在居住的一間三房式。他手頭上有了現金，又出租了一個房間給外國勞工住，無須再找工作做，日子也過得去。

儘管一個人很自由，但到底一個人的生活畢竟是孤獨的。他愈發變得與世隔絕起來。慢慢地他養成了泡圖書館的習慣。他不抽煙，不酗酒，也不追女人。他覺得上圖書館是最好的消閒活動。開始時他閱讀英文小說，慢慢地也閱讀起中文書。他小時候念書華文成績比英文的好，但後來參加工作，華文用不上，除了和同事或顧客談話時，說上幾句華語，再就是晚上坐在自家的客廳裡聽看第八波道的華語節目。

在圖書館裡，他只要找到一本自己喜愛閱讀的書，找到一個有舒適座位的角落，就可以待上半天。不知道從哪裡讀來的這兩句華文，他覺得深有體會：書中自有黃金屋，書中自有顏如玉。他不愁口袋裡沒錢吃飯，他有房子住，他不需要黃金。他身邊沒有女人，但書裡有各種各樣關於女人的描寫，他通過閱讀，再通過想像，也能體驗到情欲的刺激和快意。他讀書有一個習慣，就是一定在圖書館裡閱讀，從不外借。他覺得讀書需要一間書房，而公共圖書館就是他的私人書房。

這幾年，本地人突然對本地過去的歷史感起興趣來，大衛也把閱讀興趣轉到本土歷史上。國家圖書館設有本地書籍專櫃，他幾乎看完了其中陳列的有關本地政經文史、人物傳記、事件回憶等等方面的所有文本。他發現，關於本地歷史，英文書和華文書描寫得很不一樣，外國人寫的本地故事和本地人敘述的過往又趣味不同。最近十年來，他最感興趣的課題是共產黨，更確切的說是馬共，也就是ＭＣＰ。其實並不是他個人對此感興趣，而是不時有人提起這個話題，儘管當事人都逐漸凋零，活在當下的年輕人也與它無關痛癢了。

自他出世起，這個小島已經成為一個獨立國家。他從求學工作一路走來，國家都在掀起工業建設的高潮，組屋新鎮林立，地鐵高架貫穿，本來就不是平面的小島面孔變得更加立體。小島河口的那座長著魚尾的石獅子換了幾次站立的地方。每換一個地點，它的身體就長高一次，體型也隨著增大一圈。唯一不變的就是，不論它在哪裡，口裡都在滔滔不絕地吐著口水，像是在提醒著人們什麼。

有一次出差去國外公幹，別人說他是來自龍的國家，他為自己辯護，說別人一定是看走了眼。他小時候在華文課上就學到中國人是龍的傳人，而島國是獨立的主權國家，他每天早晨都向國旗敬禮並朗誦公民信約。別人過後向他解釋，他的國家是一條小龍，在亞洲一共有四隻小龍。

他對中國的生肖動物文化很感興趣。也是在那次出差途中，他被當地的主人視為海外華僑同胞，享用了一頓豐饒的中華料理，其中有一道菜餚叫「龍虎鬥」。當他初聽主人報出菜名時，心裡暗暗嚇了一跳。後來聽主人說虎是由貓代替的，龍是蛇做的替身，他還是不敢動筷子。直到主人最後解釋，那貓虎其實是豬肉、龍蛇是鱔魚時，他才噗哧一笑，動起了筷子。別人不知道他發笑的原因，他那時想到了一句廣東話：扮豬吃老虎。

他在閱讀本地文史書籍時，遇見過東南亞山林裡的老虎，而這個老虎變成了馬共的代名詞。亂世出英雄，英雄騎在老虎身上馴服了猛虎，小島才有了後來的小小神龍的故事。但是，在他出生之前發生在這個小島上的故事太匪夷所思了，讀了那麼多不同文本的各式各樣的故事書之後，他似乎又像是回到從前那次面對龍虎鬥這道佳餚卻不敢下箸時的情景。

從後續閱讀中得知，約莫是在他服役期間，一位據說是共產黨同情者的前左派領袖逝世了。在他遺體停柩的私人住宅區，來悼念的人把街道擠得水泄不通，驚動了警察。有人說這是政府擔心怕有人鬧事，有人說這是為了預防意外發生，有人說這是協助維護交通秩序。報上說剛過世的那位老人曾經是著名的工運領袖，當初是與前左派領袖戰鬥在一起的親密戰友，一個在二十一年前的一九九六年二月五日去世，另一個在二十一年後的二〇一七年二月四日謝世。他想去看看這位謝世的老人，就像是要親眼看一下自己讀過的歷史書本裡的人物背影。

二

臨出門前，大衛又看了一眼窗外天空佈滿的烏雲。他從門口的櫃櫥裡取出一把折疊傘，連同一瓶礦泉水一起放進簡易背袋裡。

一坐上前往萬禮路的巴士，天就飄下了豆大的雨點。待巴士車上了高速公路，雨點連成了線，線又交織成雨幕，雨水鋪天蓋地地傾瀉而下。

巴士車從匝道下了高速轉入萬禮路。前座有一個上了年紀的男子起身去向巴士司機問路。大衛看見那男子從上衣口袋裡掏出一份列印的紙張，上面好像是萬禮火化場的地圖。男子同印族司機詢問過後，一雙眼睛老是向飛駛的車外張望。

到站了，馬路對面就是萬禮火化場。巴士靠站，到了，司機轉頭對男子說。大衛跟在那男子的後面，也下了巴士車。一同下車的還有一位中年婦女。大衛腦子裡老是發問：這一男一女來此也是為了同一個人？不可能這麼巧，他強迫自己不這麼想。剛把這個念頭壓回去，那女子已經撐著雨傘走到馬路中間的綠色分道堤上。左來右往的車輛行駛得飛快，車輪把豎直的雨線絞成一顆顆雨水包裹的子彈，拋射到路邊。女子好不容易才過了另一半馬路，走入火化場的邊門。

男子沒有帶傘，他雙手空空，站在車站的遮棚下。「我們一起過去吧。」話剛出口，大衛連自己都驚訝自己內心是這麼願意幫助人。男子投來感激的目光：「太感謝了。」當然，對話是用英語進行的。「第一次來？」「第一次來。」在一幢建築的屋簷下，大衛收了傘。兩人都是第一次來，大衛得知男子來此是為了自己已故婆婆的骨灰安葬事宜。

雨下得傾盆如注。一眼望去，火化場裡空蕩蕩的。大衛繞到建築正面，看見左側前方有四根黃色的柱子，高高伸入天空。大衛猜想那就是骨灰焚燒爐的大煙囪了，追悼大廳應該就在那煙囪下面。沿著遮雨的走道往前走，面前是一個上樓的梯階，樓面裡是放置著一排排骨灰甕的面牆。大衛重新撐開傘，藉左面的車道往認定的方向走去。

由一道下坡的車道，大衛走到黃色煙囪下方的地面層，那裡停著幾輛大型巴士。一會兒巴士把地面層的弔唁客人都載走了。嘈雜的空間一下子變得格外的寂靜，給人一種身處異域的強烈感覺。大衛從這一頭走到另一頭，一共四個隔間。他在最後一個隔開的大廳裡看見一個身著制服的工作人員，這彷彿給了自己一個確認還在現實世界裡的證據。

工作人員耐心地指導大衛怎麼從地面層由樓梯走到悼念大廳入口所在層。出到悼念大廳所在樓層，大衛看見四間大廳中從左面數起的第二間正在舉行追悼式。從入口處高懸的電視螢幕上看出，那過往人是一個印族人士，三三兩兩走來的弔唁賓客大多數是華人。大廳的門一開一關，裡面傳出用英語歌唱的頌詞，進行中的是基督教喪禮。

大衛在電視螢幕上找到那個老人的英文名字，他的喪禮五點整在盡頭的第一大廳舉行。大衛發現老人另有一個Ah Boy的英文名字，他想起了他在國民服役時經歷的基礎軍訓，其中包括挖地溝夜晚躺在裡面的野外生存訓練，人們說那是一段把一個男孩變成一個男人的過程。在國民服役制度建立之前，又是什麼讓一個男孩成長為一名男子漢的呢？大衛還記得，就是在服兵役階段，他交上了損友，去了紅燈區，也是那一次失去的處男身。

大衛對自己在此刻突然觸發這個問題覺得有一點滑稽。他低頭看了看腕錶，四點剛過，老人的靈車應該還在來萬禮的路上。一個工作人員將一個長方體金屬材質構架平臺置放在一號大廳正對門口的路肩。那平臺可以自動行走，能夠上下升降，想必是用來移動棺材的，熟悉機械的大衛這樣想。隔壁大廳裡的歌聲息了，追悼儀式完了。四周又恢復了死亡一般的寂靜，只有淅瀝不斷的雨，把無邊的空間填織得滿滿。

三

一輛低色調的靈車慢慢駛來，穩穩地停靠在棺木移動平臺旁。工作人員熟練地將靈車上裝有老人遺體的棺木卸載到移動平臺上，然後讓平臺自動行走到大廳裡前部的舞臺上。大廳的木質座位一排排由低而高向舞臺遠處排開，中間和兩旁留有過道。

親屬和來賓都相繼入座，大衛選了一個偏後的位子坐下。第一、二排中間走道右邊的座位上坐著身穿白衣素服的家屬。身著灰色禮服、年輕的殯儀館工作人員走到前排座位，同其中一位男子輕聲耳語幾句，似乎在詢問是否追悼儀式可以馬上開始。大衛抬起手腕看了一下時間，離五點整還有十分鐘。

追悼儀式並沒有馬上進行，主人好像還在等待什麼。大衛一個一個地計數著大廳裡的人數，一，二，三……三七，三八，包括三個手提相機不時眼瞄鏡頭撳下快門的媒體工作者，一共三十八人。並沒有再等來什麼人，追悼儀式準時在五點鐘開始。

司儀宣佈追悼儀式開始。首先由長得敦實的長子發言致悼詞。先英語，再華文，前後各花時七分鐘，時間平均分配，華洋不偏不倚，儘管次序有先後。接著是高挑、戴眼鏡的二子致悼詞，他自我介紹職業是工程師，全程英語發言，用時也是七分鐘。

過後，家屬向逝者遺體告別。遺孀、長女、長子、次子及媳婦、內孫及外孫，還有外籍保姆，先後向躺在棺木裡的老人獻上鮮花。再後來，眾賓客向逝者按排隊順序依次獻花敬禮。大衛排在佇列裡，手裡拿著鮮花，走到臺上時，先向遺像鞠躬，然後再移步到棺木前，把手中的鮮花輕放在安身躺在裡面的老人身上。

蓋棺時，工作人員提醒眾人迴避勿視。少頃，一個洪亮的聲音用華語喚醒了幾乎凝結的空氣。一個穿著白色中式禮服的男子一字一頓、器宇軒昂地說道：「今天是方同志的大禮之日。讓我們向他致以最後的敬禮。一鞠躬。再鞠躬。三鞠躬。」大衛與眾人一起，行禮如儀。

工作人員讓家屬和眾賓客移步上樓，目送棺木由移動平臺送往焚化爐。家屬站在玻璃牆後，大衛站立在眾人的後排。慢慢地，棺木進入了眾人的視線。大衛感覺到，前排的家屬情緒有一陣波動，但很快就平復了。這時，那個洪亮的聲音又響徹大廳空間：「方同志！一路走好！」

棺木最後消失在被玻璃牆面區隔的視角以外。大衛低頭一看腕錶：五點四七分。

四

第二天，大衛坐在圖書館裡，翻閱著本地的報章，尋找有關追悼會的報導。華文報沒有有關新聞的詳細報導，英文報的報導卻占了半個版面，還配發了家屬向逝者鞠躬的照片。他一字不漏地閱讀完全文，然後跌坐在閱讀桌前的座位上。

「我清楚地記得出席追悼會現場的是三十八人，包括家屬。我還點數過兩次。記者報導寫著的是大約五十人。我是事件的親歷者。而記者的新聞報導則成了日後的歷史紀錄被後人視為正式的事實。我過去閱讀過的那麼多書，那書中記載的事情是否也是一些經過四捨五入或圓整之後的描寫？歷史大抵是為了讓後人看得比較完美而去除了很多粗糙細節的吧。至於一些親歷者對過往的敘述，他們的故事，到底又會有多少人聽到呢？」

大衛這樣想著，更覺得昨天冒雨去一趟萬禮焚化場是完全值得的。

花車和司機

引子

咳咳咳，先自我介紹一下：我是一輛小巴，一輛穿梭於公寓和附近地鐵站的定班接駁巴士。今年十七歲。哦，你別用人類的眼光瞧我，我這可不是青少年年紀了。按你們制定的「擁車證」制度，十年為一壽限，我現在可是在超齡為人類服務呢。

還記得七年前的某一天，我的主人私下對我說：「花車啊，不是我不讓你退休，公寓管委會不同意讓你退休。現在，新上路的巴士，陸路管理局不再發放站位執照了，一到上下班高峰時段，如果車上沒空座位，等班車的居民就上不了車，他們會抱怨、投訴的。所以呢，我幫你更新了擁車證，再帶你去車廠好好做一次體檢，哪裡該修就修理一下，哪個部件該換就換上新的，再辛苦你跑上十年吧。」

我聽主人說得合情合理，也就沒有吭聲。哦，順帶說一下，我的名字叫「花車」。才來公寓服務時，我一身素白，居民大有意見，有人建議我穿上一套綴有熱帶花卉妝點的外裝，既與你我所處的島國城市、熱帶環境協調一致，又可以讓上了年紀、眼神不濟的乘客容易辨認我。於是，我的主人請人為我設計做了這一身的彩妝。當我身著新衣再回到公寓時，大家都習慣地稱我為「花車」了。

咳咳咳，儘管每天居民乘客都跟我見面，但和我廝守時間最長的，非司機師傅莫屬了。每天早上六點一過，還沒有亮天，司機就踩著腳踏車從住處來到巴士停車場，然後一路駕著我前往公寓，準備七點整的第一趟發車。晚上，七點半最後一班車從公寓發出，待繞了附近的地鐵站一圈，接了最後一批乘客回到公寓後，已經將近晚上八點鐘了。再一路駕回停車場，回到自己住處休息，已是臨近九點鐘。你們大多數人在市區寫字樓裡上班，是朝九晚六，我的司機可是早六晚九，每天十五個小時地幹活，同我廝守的時間，比其他幹什麼都久。

不跟你多說了，我得載客上路了。有空，再慢慢同你聊聊我的司機吧。

司機甲：小夥子

咳咳咳，從哪兒開始呢？還是從眼前的這位說起吧。

我的這個現任司機是一位來自中國東北的小夥子，人長得瘦瘦高高的，白淨的膚色，一看就不像是在赤道海邊長大的。儘管大家稱他為小夥子，可是他也不那麼年輕了，據聞，他在家鄉還有老婆孩子呢。

他是在一年半之前來做我的司機的。剛來時，居民們擔心這個從中國北方來的小夥子不熟悉本地的風土人情，會不適應這份工作。後來聽說，他已經在新加坡巴士公司當了六年的車長，還擁有S工作准證，向他投去懷疑眼神的人才把眼光慢慢收回。幾乎同時，又有人對他每個星期七天全無休的工作狀態起了擔心，怕他天天工作，休息不夠，駕巴士不安全。

有一天，一位中年婦女乘客問小夥子：「你星期天也不休息？」

小夥子答道：「公司老闆不希望我們休息。」

婦人用奇怪的眼光看了看小夥子：「星期天加班有雙薪拿吧？！」

「我的薪酬是固定的，沒有雙薪的說法。」小夥子一五一十地回答說。

女子也就不問話了。倒是坐在前排的王阿嬤像是在自言自語地說：「哎，以前的司機不就是因為星期天要休息，才跟公司鬧不開心的麼！」

王阿嬤是公寓巴士的常客，她是來幫全職工作的女兒照看三個還未上學讀書的小孩的。有一次，她坐在巴士車廂裡等整點發車，因為差五六分鐘才到點，小夥子還沒上車。巴士上的引擎未啟動，車廂裡的冷氣機還沒開，凝滯的空氣格外悶熱。

王阿嬤一手搧著舊報紙，一面神祕地小聲對後座上另一個熟絡的乘客說：「巴士公司換了中國來的年輕司機，既省下了人工，又省了好多心。」

「省心？」坐在王阿嬤後排座的鄰居似乎有點不解。

「不是嗎？外地客工，星期天和大日子也來上班，不是省下調度的心思了！聽說啊，原來那個阿貴就是因為不聽話，才突然讓退休回家的。」

離整點發車還有三分鐘時，小夥子才坐上駕駛位子，啟動引擎，開動巴士冷氣。

＊＊＊

開起巴士車來，小夥子還是挺專業的。他駕的巴士，車速平穩，即使在上下班高峰時段，路上車多，交通複雜，他也是不慌不忙。另外，他總是把車廂收拾得乾乾淨淨。前面的引擎蓋上鋪著一塊墊子，人多時座位不夠，也可以坐上個人。

小夥子對乘客很有禮貌。記得他第一天上班，小夥子身穿長袖白色襯衫，巴士到地鐵站乘客下車時，他一手拿著從臉上褪下的墨鏡，一手擱在方向盤上，微笑著向每一位上下巴士的乘客點頭微笑。

小巴士到達公寓入口處，停下，讓想在這裡下車的乘客先下車。待下車的乘客下完，巴士又重新啟動，沿著公寓旁邊的汽車道往裡行進。

公寓樓房位於郊外，散佈在一塊小山岡旁，環繞社區的汽車道連接著每幢樓房的入門口。也許是新來乍到的緣故，新司機小夥子對乘客還不熟識，需要大家示意才知道下一個門洞是否有人下車。

當小巴上只剩下王阿嬤一個乘客時，司機小夥子問阿嬤道：「端午節要到了，阿媽包粽子了嗎？」

「我們家現在不包粽子了，都上街買現成的。」

「等哪一天我休息，我包粽子送您嚐鮮。」

「你真客氣。你工作辛苦，休息天就好好歇歇吧。」

「沒事兒。歇著也是歇著。」小夥子爽朗地說道。「下個星期一我帶自己包的粽子來給您嚐嚐。」

「那就謝謝你啦。」王阿嬤一邊下車，一邊道著謝。「再見。」下車時，王阿嬤打著招呼。

「走好。再見！」小夥子微笑著點著頭。

＊＊＊

咳咳咳。對了，前面說到我已經是超齡服務了，身體不時會出現一些狀況。有一次，巴士剛起步，才開到公寓門口，車廂裡便聞到了一陣焦皮味。小夥子馬上停下巴士，下車檢查。原來，左前方的剎車制動器液壓作業系統失靈，抱閘行駛，閘皮過熱，燒焦了。小夥子趕忙聯繫巴士公司，讓調度員派了一輛替代巴士前來公寓，然後，把我送到車場去做檢修。

說到送我去車場修理，我又想起我的前任司機：「劉德華」。下次再說給你聽。咳咳咳。

司機乙：「劉德華」

「劉德華？」對！是「劉德華」。你沒有聽錯。「劉德華」是我的第二任司機，也是我的三任司機中迄今為止服務最久的一位，他前後一共做了八年。

「劉德華」其實姓郭，公寓管委會的人稱呼他為阿貴。他在駕巴士時喜歡戴一副白邊的時髦太陽眼鏡，樣子酷酷的。再加上他喜歡在巴士車內播放劉德華的歌曲，於是大家就習慣地稱呼他為「劉德華」了。

一次「劉德華」駕巴士時，因為是非繁忙時段，巴士裡沒有幾個乘客，就同坐在前排的王阿嬤聊開了：

「劉德華，聽說你要退休了。」阿嬤說道。

「是啊。我可沒有劉德華那麼年輕啦。」阿貴詼諧地應道。

「你在這公寓駕巴士也有七八年了吧？」

「阿嬤，您記性真好，整八年了。」

「你是屬什麼的？」阿嬤委婉地在打聽阿貴的年齡。

「我是屬龍的。」

「哇，你和我們的總理同齡唉。看你這一頭烏髮，好後生的樣子。」

「阿嬤，我一個小老百姓怎麼可以和在政府當大官的比呢？」

前面岔路口亮起了紅燈，阿貴主動與阿嬤拉起了家常。他提到家中的兩個孩子一男一女都已成家，自己也當上了爺爺和外公。他跟老伴住在宏茂橋的組屋裡，正好是總理選區的選民。

王阿嬤說道：「那你是可以退休享清福了。」

「不行啊，悶在家裡，早晚會變成鹹魚一條咯。」

＊＊＊

咳咳咳。沒想到，這段話講過沒多久，精神好端端的阿貴突然就退休了。

別看他已經當上祖父了，論身體手腳接著繼續做我的司機是絕對沒有問題的。儘管，高峰時段路上車多，巴士跑不快，有時候一趟車跑下來連上廁所的時間都沒有，但是，阿貴還是絕對能夠勝任做我的司機這份工作的。

當初阿貴才來上班時，巴士從公寓去地鐵站要停兩站：路程中間的小學校一站上下客，地鐵站馬路北面一站下客；從地鐵站返公寓途中又要停兩站：地鐵站馬路南面一站上客，小學校一站再接送上下客；來回一趟車，大大小小要停四站。

幾年過後，地鐵站附近人流愈來愈密，馬路上我的兄弟姐妹們各式車輛也愈來愈多。光從地鐵站路北U轉到路南，往往一次會排上一長串要轉彎的車，有時候得等上兩次紅綠燈轉換才能通過。

阿貴頭腦靈活，他見在轉彎道上等候的車輛過多時，就繼續向前直行，在百來米後的另一個路口掉頭。這樣做，雖然多跑了兩百來米，卻節省了至少四五分鐘等紅綠燈切換的時間。這對每三十分鐘一趟的班車來說，這是節省多少巴仙呀？用你們人類的話，就是大大提高生產力啦。

再看現在，巴士從公寓出發，到地鐵站轉一圈回到公寓，為縮短行車時間，只停兩站了：地鐵站上下客，以及在小學校門口附近，有上下客，巴士才停。

哎，頭腦這麼靈活、手腳也不遲緩的阿貴，怎麼就這樣說退休就退休了呢？他退休不久前還拿了十多天的假期，去中國雲南、四川、西藏去玩了一圈呢！他不在的那十多天，公司就得臨時安排一個司機，坐在阿貴的駕駛座上。

咳咳咳，假如阿貴能同最先的那位老昂哥那樣，一直做到白髮蒼蒼、牙齒全無，該有多好啊！咳咳咳。

司機丙：老昂哥

沒有一個乘客知道老昂哥姓甚叫啥，連王阿嬤也不知道，因為那時候她女兒還沒有生孩子，王阿嬤還沒有過來公寓幫忙。

事實上，沒有人曾經聽老昂哥開口說過一句話，但也從來沒有人懷疑他是一個聾啞殘疾人。在市區寫字樓裡做工的人，邏輯思維訓練都很強：假如老昂哥聽不見，他在車水馬龍的道路上，怎麼能安全駕駛呢？乘坐過老昂哥駕駛的巴士的人一定會記得：他駕的巴士是再平穩不過的了。嗨，說起那段時光，那也是我這個花車巴士的黃金年代噢。

那時候，新住戶剛剛搬進公寓，半數的家庭中有學齡前兒童，或是正在就讀小學的少年的本地家庭。每天早上七點整的那趟巴士格外擁擠，巴士上坐著站著的大都是身穿學校制服的小學生，以及陪送他們上學去學校的菲律賓或印尼女傭，也有個別學生自己的家長或年長的家人陪他們的孩子去上學。

那時候，我身強力壯，從來沒有給老昂哥增添過任何煩惱，沒有半路拋過錨，沒有出過故障。巴士上的乘客也很單一色，沒有多少外派駐新的洋人，說話帶捲舌音的和嘴裡像塞滿薯條的乘客，都不多見。

離出了公寓門的道路口不遠的前方，架設著一座橋樑，橋下沒有水，那是一座旱橋。橋下雜草叢生，橫躺著被人遺忘的舊鐵軌道，就像一雙丟棄在荒野的骸骨。不時地，有從附近小河飛來的鳥兒在這裡飛舞、唱歌。

那時候，即使在高峰時段，路口也不會塞成一片。高出地面的地鐵路線，是附近的地標，不像現在的地鐵橋，高度沒有下沉，身形似乎卻變矮了，宛如成了一條深陷在高樓峽谷裡的江河。如今的地鐵站旁豎立起玻璃貼牆、高聳入雲的大商廈，地鐵出口通道由兩條變成了四條，每天吞吐著數十萬人次的人流。

那時候，天是高的，樓是低的，市鎮是平面的。反過來，看現在：市鎮垂直豎立起來了，高樓在升空爬高，天空卻顯得愈來愈小，人們也愈來愈忙。

***

老昂哥似乎很享受每一個上下巴士乘客對他的感謝和致意，但他的注意力卻始終集中在駕駛盤以及路上的車況。在巴士接駁閒置時間，老昂哥就把注意力全部放在我身上，把我的裡裡外外都擦拭得錚亮。有一點我不喜歡的是，他老愛把駕駛座旁邊的空間堆滿了他收集的紙袋、塑膠桶、舊雨傘等雜物。

老昂哥不與乘客寒暄。別人跟他說話，他像是一個星球黑洞，講話的聲波被他吸收了，卻沒有一絲回音。人們習慣了，也就不再同老昂哥寒暄。

說也奇怪，老昂哥從來都沒有是非，也從來沒有被乘客投訴。有人給他送來一袋咖啡，他照喝；送他一包食物，他照吃。但是，沒有人知道他說什麼方言，而不管什麼人跟他說什麼話，他似乎都能聽懂。也沒有人知道他的任何私事，包括多大歲數、家庭情況等等。

老昂哥在司機任上，人們沒有感到他的一絲缺點；退休之後，人們反而記得他的好。因為沒有關於他的私人生活話題的記憶痕跡，不久，就被公寓裡的老住戶、老乘客遺忘了。而對於後來才搬進來入住的新住戶、新乘客，我的第一個司機夥伴——老昂哥的存在，對他們來說，完全成了一個遙遠的傳說。

尾聲

喂，我還有三年，就該壽終正寢了。咳咳咳，我這可不是開玩笑。如果這次主人再讓我延長壽限，我一定不幹。我想，即使我願意，陸路管理局也不會再次延長超載的准證吧？要不然，我的後代子孫、那些等著上路的新巴士，會抗議你們人類辦事不公允的。

哎，其實呀，這個世道哪裡有什麼公平。這都是人類你們自己空想出來的概念。我們一出生，引擎的大小就定好了容量，載客量也是設計好的：小巴、中巴、大巴，各個等級不一，服務人群不同。我們也從來不會抗議命運的不公，我的朋友們沒有一個抱怨說：為什麼我偏攤上一個做小巴的命？我根本沒有奢望過自己可以變成一輛裝上防彈玻璃和裝甲車身的總統專車。

你們人類愛比較，愛爭長護短，都市生活多彩，就從四面八方如潮水湧來。樹愈砍愈少，道愈修愈擠，樓愈建愈高，房愈搭愈窄。有了四位數的收入，想著五位數的薪水。今年收成增長了，明年還想翻番。嘴上說「人生七十古來稀」，心裡在想「今世九十小弟弟」。你們的身體愈來愈忙，精神愈來愈疲憊，心思愈來愈蒼茫。

每天來回在路上跑，我見你們還在四處建高樓，在我前往地鐵站的四岔路口，每一個角落都在建高樓，一處是二十多層樓的私人公寓，另一處是建屋局造的摩天新住宅，我不敢想像待這些大樓竣工完畢，全部住進人家後，今後這道路會變成怎麼一個擁擠不堪的樣子。

我老了，我又不是你們人類的一分子，還要為下一代的福祉著想。再過三年，我就會被拉進工廠，被機器分解，然後被投身到熊熊烈焰燃燒的高爐裡，化成一汪鋼水。那時候，即使是跟我整天十多個小時廝混在一起的司機，也不會認得我了。

這你也不用擔心，到時候公寓管委會一定會找到滿意的方案，讓你們有定班接駁巴士乘坐的。至於司機嘛，小夥子會繼續做下去，還是回中國東北家鄉，那只有天曉得了。反正，有巴士，就會有司機，你也不用費心猜，那司機是小夥子，還是另一個「劉德華」，或者是老昂哥。

咳咳咳，我又得上路了。如果，你搭地鐵到公寓來，一定要坐我呦。我很容易認的，那穿一身花衣的就是我。回見！

點讚之交

他是城裡最成功的商人兼作家，城裡的報章媒體都以有他的名字出現為榮。他每次在公開場合亮相，一律衣服光鮮，容光煥發。他擁有眾多崇拜和仰慕者，不論是在現實生活，還是在虛擬空間。他在社交平臺上的每一張帖文、每一幅圖片、每一句評論，都會引來成千上萬的點讚。崇拜者留下無數禮讚：「啊！老師，您真棒！」

她是他萬千追隨者中的一員。可是，她十分矜持，對自己喜愛的偶像只輕輕地點上一個讚。她沒有勇氣去留言，更別說發私信。「假如大家都發私信給他的話，他有時間去一一回覆嗎？」但是，他的確是對每一個留言都點讚的。也許，他果真與眾不同。

有一次，就那麼一次，她對他的一則帖文留了言。她沒有用讚頌的詞語，只簡單表述了對帖文的一些自我觀感。沒想到，他竟然回覆了，誇她觀察細緻、感覺敏銳、文字秀美。讀著他的答覆，她陶醉了一整個星期。

這天是星期天，城裡的圖書館十六樓頂層，下午有他的一個公開講座，談人生和文學。她早早報了名，卻臨時被其他事給耽擱了。待她氣喘吁吁地站在圖書館地面層等電梯時，幾乎已經是講座開始的時間了。

電梯從底層停車場上升到地面層，她匆忙地跨進電梯間。猛一抬頭，面前另一位電梯乘客竟然是他。她想自己一臉驚愕的樣子一定很醜，而他一眼都沒有正視她。「老師，我就是那個……」她把想說的話給吞了下去，畢竟我們只是點讚之交。

電梯到十六樓了。她按住門，讓他先出。他禮貌地說聲：謝謝。

輯二／詩

赤道有風

赤道有風
即使終年是夏
沒有酷暑

赤道有風
因為小島雖孤
海水環抱

因為赤道有風
密實的鋼筋森林
才有叢叢綠意

赤道風勁吹
三十春秋如一季
守著一個古老的故事

草根音樂會

綠草上
星空下
陣雨後
煙霾前
讓我們席地而坐
站立和聲唱出
你我的心肺

都市暢想

沒有廣袤的土地，
城市只向上生長。
我出生就在這裡，
天生缺少遠山的視野。
家園是一方格子，
窗口貼著別人的夢想。
電梯爬上跑下，
比我的理想更忙。

快樂星期天

晴朗明麗早晨九點半
陽光把ＢＫＥ鋪成一排琴鍵
黑鍵是樹影
白鍵是光線
星期天北上的小車
敲擊著鍵盤
奏出快樂音符
撫摸躍動的心情

熱島

獅城五月
人靜心動
汗流浹背

日頭不偷懶地勞作
敞開胸脯
盡情釋放愛意

風委婉地繞道
樹葉寂靜肅穆
花兒躲到棚下

烏咕咕在汲水

電流擠破高速公路
冷氣機在舒心歡唱
這二十世紀最偉大的發明
在建國後時代
繼續為島國製造「空調」

恁一個熱字道盡
北緯1°邊緣
五月的情懷

SG50及其他

孩子，你快來看呀
花園城市裡次第
開放的紅花

那朵開得最豔麗滋潤的
在一九六五年栽下
當年被獨立的一滴眼淚
凝固成你老父
錢包裡那張建國一代卡

那一朵枯萎凋謝的呢

是一九五五年撒下的種籽
它的名字如夢叫南大
還有一九四五年的勞作
將日本蝗蟲驅趕出花園
……

爸爸，你看那幾朵
含苞正在待發

孩子呀，昨日的死亡
可歎息，明天的輝煌
在你手

這花園的春天

無賴一枝獨秀
生命的河流
不是個人情感
突發的泉湧

五十歲生日

酒店豪華餐館的鋼琴席上
坐著一位半老琴師
每晚彈奏六七十年代的舊調
陪伴著客人們把時光歡度
偶爾即興加入一兩支新歌的變奏
為迎合顧客遞上的點曲

今晚鋼琴席上的男人
熨燙漿直的上衣袋裡
別了一枝鮮豔的玫瑰
琴鍵下流淌汩汩泉水

平靜如往常一般

換曲的停奏間隙
走上一位文靜大眼的女孩
輕輕遞上一紙點歌單
曲名填寫著：生日快樂歌
點曲人：一個七歲女兒
為了爹地的生日

坐在鋼琴席上的男人
眼睛瞄過點歌曲目
向暗暗的上空投去一瞥
深深地吸了一口氣
似在默默祈禱

然後彈出一曲
最常被點奏的生日快樂

父女一桌的賓客
合著琴聲的節拍
哼唱心中的許願
半老的鋼琴男人
在客人和琴音的陪伴裡
度過自己的生日

大江／小河

中國的江特深且長
新加坡河太短太淺
五千年文化流成幾許痞痘
五十載豐歌釀泡一段神話

特深長的步入老年
被億萬重負把腰壓彎
太短淺的稚氣未脫
連空氣也在頑皮喝彩

睿智的老子孔子呀

你們幾時再世
遭人蒙羞的耶穌
信徒盼你再來

跌坐在新加坡河畔
耳邊迴響
黃河長江的怒吼

俯視機翼下大江大河
心中流淌
一澈清靜之灣流

少年強啊國運長
老年盛當國民富

我是小河嚮往大江
江水入海回頭無疆

江河日下
夢回少年
淚已沾衫

「你們在等什麼」

醫院的廊道長長寂寂
穿梭護士忙碌的腳步
過道一段的盡頭
壘起高架攝影機器
三三兩兩百無聊賴的記者
綁架整個世界的神經
陪著滾動新聞權作standby

虛擬空間的社交媒體
無政府似地喧嘩交替
一些人捧出久已備好的鮮花

有些人言不由衷詞不達意
還有的人在等待總統宣佈
再臨時增加多一個公共假期

似乎時鐘即將停擺
又像在迫不及待迎候改朝換代
其實這都是庸人自擾
如果有豐碑
早已樹在人們心裡
不是說，歷史是人民書寫

為什麼此刻這般喧擾
難道註定如此哀榮一世
既然已有生如夏天般的燦爛

能不能像隔鄰的老者
讓他也能享受到
死亡恰似秋葉般靜美

「你們到底在等候什麼？」
一個悶悶的聲音像驚雷冒出
「你們這些不肖之徒
一不敬神
二不怕鬼
也難怪學不會尊重他人

「只知道有樣學樣
只知道冤冤相報
只知道用懟解恨

只知道以勢壓人
罪過啊罪過
誰來饒恕你們的靈魂

「你們可曾知曉
當今生一旦完成使命
你們的生命也就一筆勾銷
剩下的皮囊
總究會回歸宇宙的塵埃」

夢話一則

「南洋人」死在南方
北方佬活在當下[1]
右派和尚手托左派雨傘
吃到政權的葡萄
然後一路疾奔
偷笑地跑進天堂

1 「南洋人民共和國」（馬共）一枕黃粱，未生即死；北面的中共，從無到有，從弱到強，從延安窯洞走上天安門城樓，把中國從半殖民地、半封建推到美國口裡，成為它的利益相關者。中國閱兵，島國大選。從「淨選盟四・〇」大集會到「九一六團結人集會」，馬國局勢發展動盪，令人關注。身在馬來半島下端的南部島國，瞻前顧後，左顧右看。日有所念似炬，夜得一夢如虎，信筆塗鴉成貓。立此存照，聊以自慰，或亦可撩人。

鐵錘沒有鐮刀丟落一半
大選風吹來五星零散
九一一閃電過後
人民贏得大選
卻驅趕不了鄰國
燒芭刮來的煙霾

方程式週末賽車重新轟鳴
吹散處處籠罩的白霧
新加坡共和國再次生動活潑
大家shopping, makan，繼續kiasu[1]

1 shopping，英文「血拚」，逛街買東西的意思；makan，馬來文，吃東西的意思；kiasu，新加坡英語，源自中文方言「怕輸」，不甘為人後的意思。英語、中文、馬來文與淡米爾文同為新加坡四種官方語文。

暫且把夢想ＳＧ100擱下
只希望ＰＳＩ今天不要超過一百

格雷的五十道陰影

十二塊來自河床的千年原石
裸身壘起在約旦河畔
將猶太先民的一段共同記憶
寫進經文供世人檢閱指點

一鑄從新加坡河底打撈起的斷碑
棲身於現代博物館大牆內的溫控室內
遍體傷痕斑駁累累
沒有一個歷史學者能出面讀出她的身世

於是開動頌揚的機器

將石碑的痛楚巧手按摩
製作成一部無限制級的藝術電影
用塗滿標籤寫滿臆想的故事
對島上五百萬遺民和移民的後代
再一次做深度催眠

相信上帝

誰可以把一碗水端平
從不灑落一滴
我相信上帝存在
就像人間還有公義

有錢的能買下整座島嶼
當權者可以把話語說盡
強人勢必是偉人
偉人註定走向神壇

我天生一個無神論者

國際歌聲繞樑已淡成一味回憶
達爾文世界裡的皮猴
玩起穿越紛紛登上祭祀牌位

度過一九八九天安門廣場的老鄧
終究踏不進一九九七的香港新界
為一九六五新加坡獨立流淚「國父」
只能懸空SG50盛典的坐席

我相信天上真有一個上帝
俯視凡塵洞察一切人間實情
不准窮人貧困一世
不讓富人為所欲為

在「十誡」之首開宗明義
「除了我以外，你
不可有別的神。」
阿門
我相信上帝
就像相信愛情

羊年的故事

在那個過去的甲午年末
病榻上臥床不起的老人
驀地想起狼來了的故事

一生不信童話的他
在心裡嘀咕
這次會來嗎
狼
到底
會來嗎

夜，不能寐
老人心裡開始
默默計數家裡圈養的羊隻
數過來數過去
慣於精算的老人
卻怎麼也得不到一樣的結局
莫非羊群裡跑入
偽裝的狼身披著羊皮
還是那些溫順的羊羔
已被黑心的狼順手牽去

半夢中的老人
撞見幾位身穿白大褂的TCM
他們都是南大的舊畢業生

有的主修歷史
有的專攻數學
讀洋文起家的老人
此時也分不得東和西
遂把心頭的疑惑
吐露給眼前的醫師
聽完老人的敘述
日漸凋零的南大生
無奈轉身亮出脊背

第二天天明
閱讀完老人的體態指數報告
查房的醫生留下一張醫囑
小心地吩咐護士

讓老人在傍晚服藥後閱讀

那天正是除夕
屋外千家萬戶
在圍桌團圓
老人無力的手指
挑開醫籤
簡單的醫囑
用漢字書寫
「歷史不是數學的加加減減」

羊年在沒有鞭炮的喧鬧中到來
老人凝重的目光一刻不離羊群
口裡喃喃自語：

那狼會來嗎
到底

遊牧民的歌謠

我一隻迷路山羊
駐足都市城邦民主道
一輛宣傳機器衝我開來
張開喇叭大聲鼓噪

大頭像是誰我不認得
諒我的名姓他也不曉
每隔幾年時候一到
自動有人來要我選票

我住在一個永久地址

五年前向西海岸報導
貧賤不移搬家不了
今年投票屬裕廊選票

頒小兒進步獎的議員
笑臉猶在路旁的白布條
提名日後連一個招呼全無
就突然不見她的面貌

都說政治是成人的遊戲
百姓樂衷於買多多馬票
今晚去哪裡看群眾集會
乏味的日子唯有

此時
尚可以
玩個心跳

合影照

與美人合影
我心蕩漾
與長官合影
臉面有光
與偶像合影
捧月追星有方

我曬與美人的合影
我曬與官員的合影
我曬與偶像的合影
他們給我刺激增添能量

我夢想也有麗人般的美貌
我夢想也有當官者的權勢
我夢想也有如偶像的光彩

即使什麼都沒有
立此存照
也讓我沾上
哪怕是一星半點的運氣
如果不是用來炫耀
我的社交能力

寫在國慶日

在五百萬飄紅的背後
微微探一探頭
五十年前我不在這裡
你會不會說我不夠土

我稅交得不多
馬屁也拍不響
你大人有大量
容我一個過客留一宿

這人世一宿
背負五千年的夢
蜷伏在城市國家一隅

給參贊點讚

好可愛的文化參贊
頭頂一帶一路的光環
站在小紅點的舞臺上
引爆一朵引人爭議的喇叭花

您好呀，參贊
請問您來新履職幾年
愛不愛食紅色的叻沙
可分辨得清本地的東西南北

您知不知道

這二十多年裡
中土新移民代表像走馬燈似
來一名去一位

昨日剛被長官點名
後天就成島上聞人
這不是第一個
也不會是最後一個

鄧公喜歡新加坡
對民主選舉猶葉公好龍
您說某某是什麼的代表
卻忘記點數手中有無選票

現代自媒體求曝光不難
臭味和香水互相掩蓋
有錢可以買來廣告時段
更甭說官銜和衣裙上的金腰帶

參贊呀參贊
您肩負中華文化大使重擔
您的一舉一動
我不能不聞風點讚

門們

各種色彩形狀的門
像她
像他
關著時
眼睛
眉毛
鼻子
嘴巴
耳朵
長得相差不遠
打開時

裡面藏著不同的故事
我站在門前
芝麻
開門吧

雨樹的申述

被稱為雨樹
卻從不翻雲覆雨
我原是一棵單純的樹
八十載歲月根鬚深埋土裡

富人區山嶺上一座地標
主人寵愛視作風水好
近日把陰陽頭修剃
當庭做配角出演一場人間活報劇

我不會說人話

百鳥回轉耳畔長留樂曲
願做一棵菩提
不做人類紛爭的緣由
只廣結天下善果

讚美廣場

誰留下時間這一把捲尺
人類用它丈量出一塊空間
搬星星
移月亮
費盡心血
打造一座廣場

為了給它取名
逐頁翻閱黃曆
從五四
到四五

再六四
花去了一百年
兩百年

五千年一萬年
十億年後
誰來見證
曾經存在過一座
讚美廣場

無尾魚自敘

我是一條沒有尾巴的魚
奮不顧身地向前游去
我已失去了改變方向的能力
憑著慣性勇往直前

我前世是一條活潑的魚
穿越南中國海
也把印度洋泅渡
麻六甲海峽出沒我的身影

我的成功被人為地編成一段傳說

還做成塑像立在了岸邊
並把我的頭換成獅子
最後固化成一座尾大不掉的魚尾獅

這下我的本尊丟失了尾巴
茫茫滄海裡從此改變不了方向
我只有奮不顧身地向前游去
憑著慣性勇往直前

食榴槤記

來自北國江南
不諳此地風情
初識果中之王
即將別人盤中的珍饈
當作粘指發酵的腐臭

看眾人好似信徒朝聖
蜂擁著趕往豐收的果場
我偷偷地在家關門閉窗
從超市買回一盒做品嘗

捏住鼻子
閉上眼睛
囫圇一粒塞口
欲吐未出口時
異味慢慢轉香

勉強消滅一整盒
暗忖下次再遭疑問
是否你喜歡果王
我也可以點頭說是
甚或還可以大做文章
自況天生鍾情本地風物
此生註定葉落歸根此方

廿八度榴槤飄香
年復一年果然遇見無數禮讚
文字不夠圖片有加
就好像把黑咖啡唸成Kopi O
也是一種嚴肅的時髦
一種調情的宣誓

如果吃喝也需要表態
甘願讓我的腸胃回歸初衷
再有人問起
你愛不愛果王
我會禮貌地回答
對不起
我中意清淡

不喜歡榴槤的氣味
太過濃郁
令人窒息

獅城太極觀展

這絕對是夢幻
崇尚玩高爾夫的城市
來了一襲黑衣佇列
在植物園草地打起太極

有沒有搞錯
樣樣拚命爭取第一的島國
伴著三月的急風暴雨
行動有幾分凝滯
推手下蹲馬步

「他們一準不是新加坡人」
並非這裡土長土生
一群南下避冬的候鳥
就像麥裡芝水池飛過零散的孤鴻

怯生生地抹去額頭上汗珠
褪下足上拖鞋
碎步邁過草坪
趨前請教大師

巨石不語
擺好架勢
收腹吐氣

展臂伸腿
立成一座座雕塑

注
臺灣朱銘的太極系列雕塑展於二〇一五年四月十六日在新加坡植物園落幕。

微信時代

你以為把你加入他的圈子
你就成為他們的朋友
你以為在圈裡遇到早年的知交
還是那個當年睡你下鋪的兄弟

這微小手機裡
刮來的廿一世紀信風
兜來兜去
醞釀著形成另一種貿易

有人在朋友圈叫賣狗皮膏藥

好像舊時小說裡的郎中
或是電線桿上爬滿了的老軍醫
也有蝴蝶鴛鴦派的男女
整日忙著貼曬自己結痂的傷口
讓嗜血的蒼蠅有了營營的生機
還有大量炮製廉價的同情
社會活動家們繁忙的腳印
踩著交際花弧形的舞步
如同滾動的印刷機
趕印著免費的報章
拚命吸引海量眼球

這世界還有什麼新技術
可以讓太陽底下

生長出新鮮事

溫而不燙的心靈雞湯
美而不實的空洞風景
充滿熱情的政治鼓動
頂禮膜拜的靈魂傳教
終究不過一篇篇經過包裝的謊言

你以為這是一個人微
言不再輕的時代
你以為盼來了微言
傳大義的年代
其實，渺小的依然渺小
庸俗再過包裝

靈魂依然蒼白如洗
微信年代傳播的還是無信的膚淺

忘掉你的朋友圈
離開你的手機微信
天下仍是千年延續翻滾的江湖
販賣的依舊是人性的漿湯

還是取你的一簞食
飲你的一瓢飲
在你自己的
角落裡

這島

這島雨說來就來
待急閃身組屋底層躲避
太陽又重新曬出

昨日還天清氣爽
今晨東北風突變西南
降下滿地霧靄

季候信風不信
英雄美人無力

傲慢的繼續傲慢
卑微者還得低頭前行

找回感覺

我問八十歲的老人
您想找回感覺嗎
老人說他的味覺也差了
牙齒也掉了
感覺這天地就快合一了

我問六十歲的長輩
您想不想找回感覺
長輩抬一抬頭
我沒有空閒和你嚼舌
得趕快去麥當勞做工

我問四十歲的朋友
你有昨日的感覺嗎
你伸一伸懶腰
不情願地攤開雙手
我昨天到期的帳單又沒有錢還

我問二十歲的路人
你對昨天是什麼感覺
去他媽的昨天
你懂不懂Pokemon Go
明天會不會來到新加坡

把記憶打成結

把記憶打成結
掛在時間的河床上
憂傷和喜悅在橋上走過
你依舊是昨年旅途上的你嗎

我人已經回家
你的心情還在路上
那紛紛擾擾的記憶散章
遮蓋住你雙眼
我瞭望的窗口

請再快樂起來吧
鐵鍊鎖不住光陰
河水在橋下奔流
昨天終將過去
明天我等你在前方

文學是我的宗教

不是花籃
不是順水人情
不是錦上添花
不是通向講壇的紅地毯

文學是冰河下的暗流
是黑夜裡的燈芯
是冬季裡的爐火
是卑微者頑強的心跳

文學悲天憫人
是我的宗教
樹起不屈的脊樑
立不朽靈魂

寫在金筆獎截止日

不是缺少一支金筆嗎
為你筆下的文字增輝
不是在翹盼一項大獎
將你文章的名聲遠揚

今日，對的，就是今日
是金筆獎投稿截止日期
為什麼你還沒有一紙一字
寄出參加金筆獎的角逐

你說，你已不是少年
早過了為賦新詩強說愁的歲月
陽光健康來之不易
無病呻吟多麼無趣

手指間把握一根削短的鉛筆
心中流淌如清泉一般的詞句
筆端鋪設剛正不阿的方塊字陣
四方文友慷慨送上給力的讚許

這本身就是莫大的欣慰和獎勵
一年三百六十日出版刊行
沒有商業廣告
只有真情實意

非典型發佈會[1]

沒有花籃
連名人嘉賓也不見
原來新書發佈會
應該這樣乾乾淨淨

沒有吹鼓手開道
沒有冠冕堂皇
沒有虛與委蛇
連作者也沒有就座臺上正席

1 馬來西亞已故詩人魯佳壁詩集發佈會。

語言樸素
情感炙熱
以詩歌的名
用一個個方塊文字
向走遠的你
致敬

讀遊記文學

知者樂水
仁者樂山
你知命樂天
以小紅點為圓心
足跡輻射他鄉異地
將地球村走遍
把靜心聽來的故事
敘寫成篇
於是，腳步不再匆忙
嘴巴變得耐心
耳眼愈加專注

不論快樂或是悲傷
字裡背負的行囊
沒有不滿和怨懟
隨字漂流
隨遇而安
心中藏有桃源
處處勝似天堂

首屆方修文學獎獲獎作品集詩歌卷讀後有感

我在《島和雨林》裡穿行
回望《滄海桑田》
《尋家》在茫茫來時路上

獅城早報社論高掛
讓新馬文學繼續開枝散葉
立足此岸舉頭讚賞
馬華文學陣地升起的旗幟

獻給方修先生的道路
北上陽光燦爛

南下黑夜茫茫

想像在華小的公民課裡
和南洋同學高聲齊朗讀
我們都是一家人

番蝴蝶[1]

我的前世是一朵番蝴蝶
在你少年不經事唱過的血染的風采裡
閃現我疲憊撲打的羽翼
昨夜我飛臨香江
想綻放成東方之珠最後的一枝
他們不發給我通行證
說我出生異域長相妖孽
一巴掌將我撲滅
未等我叫喊出我的乳名

1 番蝴蝶，植物名，豆科。又稱孔雀花。

我的乳名孔雀花
一隻東方飛來的美麗孔雀
而今，我被壓制成一朵乾花
被人裱在鏡框裡
懸掛在高談闊論的會客廳中

Hangover

酒後亂性
或醉翁之意
他一踢腿
把酒杯打碎
龐大的影子
壓倒她身體
東方之珠
忍痛在抹淚

我們曾是姊妹
嫁出去的女

潑出去的水
我短小的手臂
伸不過南中國海
撫摸你的臉龐
去為你拭淚

往年的五月天
我這裡乾燥悶熱
今時常常傾盆如注
一為我驅悶
二為你掉淚
HK is hanging over there

魚對尾的思念

我是一尊上了岸的魚
已經失去向前游泳的能力
為了表示我還活著
不停地面向大海吐口水
（可有人在靜聽我的傾述？）

前世是一條活潑的魚
我的成功被人為地編成神話
還把肉身塑成石像立在岸邊
把抄襲來的幾百年前的傳說
固化成一座尾大不掉的雄獅

離開海水，站上陸地
斑駁的魚鱗風化凝固
活靈活現的尾巴終於生長出根
我成了明信片上的明星

獅面魚身，變裝打扮
我被框進遊客的風景照裡
更有人對我頂禮膜拜
分不清哪是傳說哪是流言

當白晝褪盡，燈火闌珊
星空下我依然有夢
幻想著海水漫漲過身

將我重新送入大海

我要要回我的本尊
再次投身茫茫滄海
我想奮不顧身地向前游去
憑著天性搏擊長空
勇往直前

漂流瓶

在時光的長河裡
我撿到一枚漂流瓶
透明的瓶子
盛著古老的信息
遙想遠方的你
在詩意綻放的春天
擰下一朵藍田白雲
封裝進玻璃瓶裡
將瓶口緊緊蓋上
把它放漂

經過千山萬水
越過峻嶺
趟過山澗
最後神奇地來到
我佇立的身邊
站在茫茫人海中
我手捧一枚漂流瓶
宛如揣著一顆心
感應遙遠的呼吸

心跳

暫時忘卻言語吧
不要出口成章
也不用段落
甚至句子
片語或
單字
連
標點符號也一起省略掉
頓號
逗號
句號

分號
破折號
疑問號
冒號
引號
驚歎號
只聽聞
濕潤空氣的呼吸
感受
隔著同溫層
皮肉
背後的心跳

心思

體乏
加之心靈昏沉
似欠了廿年的睡眠
全身酸疼
動一動
牽動神經
還有
每一根鏽蝕的記憶
夢裡小龍高飛
土蛇吐蕊
蒲公英風長

口渴
嘴唇乾裂
趕快給我一點甘露
我喊
卻發不出聲音
喉嚨被一雙大手
勒住
掙扎
想大哭一場
好想
猛地醒來
枕旁濕濡一片
如夢境一派
漆白

後記

聽、說、讀、寫，是語文學習的一個自然步驟。不論是母語的習得，還是對第二語文的掌握，皆然。聽和說是為了與人溝通，具有工具性的功能。到達閱讀的層次，除了工具理性之外，還具備了文學欣賞的潛能。如果加上個人的喜愛，在閱讀活動之後，產生了寫作的蠢蠢欲動之念，這就具備了文學創作的基本動機。這大抵也是我從一位閱讀者開始，慢慢也成為一個寫作者的經過。

讀詩是從青春始。青年時代愛詩，除了閱讀詩歌，也自己寫詩。那是為了尋找共鳴，是因為胸中有東西要往外噴湧，心裡有幻想欲編織情歌。或直敘胸襟，或徘徊纏綿，喜怒哀樂，皆可通過詩歌，使情感昇華。大學念的是工程系，卻參加了由學生自己組織的文學社。青年時代的我一共手寫了三本詩集，不是印成鉛字的那種，當時也還沒有互聯網和社交媒體。其中一本詩集是請班級上的兩位女同學當中的一位抄寫在硬面筆記本裡，結果這本獨一無二的詩集被文學社社長遺忘在他宿舍的儲物箱內。另外一本可以說是記錄失戀的文學筆記，再一本是送給了自己的戀人、現在的妻子。

離開上海來新加坡後，有好長一段時間不曾閱讀詩歌。沒有詩歌的日子時間過得飛快。到了重新捧起詩集閱讀的時刻，青年時代的詩思與詩想又從遠方回到腦海和眼前。在這裡收集的是二〇一五年至二〇一九年全球新冠疫情爆發之前一段時間內創作的詩作。對於我自己來說，詩歌是寫來愉悅自己的，我沒有投稿發表詩歌的習慣。儘管集子中也有曾經在《新華文學》、《新加坡詩刊》等文藝雜誌上發表的詩作，更多的則是貼在Facebook上的即興塗鴉。這是該本集子裡輯二的內容。

少年時代的我喜歡和小玩伴們在一起，聽講故事。講故事的那個人，自然是我。從嘴裡信口開河說出的所謂故事，都是自己從書上讀來的一些內容，經過加油添醋式地重新編輯後的再創作。漸漸上了年紀，開始也有自己的故事要講。沒有了圍著你身邊的玩伴在聽，就用文字在電腦前編織起小說來。這也讓我拾撿起一些少年時曾經有過的快樂。來新加坡後，喜歡刨根問底一些本地舊聞，於是在自己小說的意境裡，常常炮製著自我對新加坡歷史的些許觀照。這些就是這本集子裡輯一的部分小說，它們全都已經（或者將會）在文藝雜誌上發表。

自然，書名裡的「島國」之謂指的是舊稱「星洲」的新加坡共和國。小說和詩在文學範疇中屬於虛構文學。其實虛構可以寫實，小說裡也可以有作者自己的影子。這也是我現在特別喜愛虛構文學書寫的原因之一。

二〇二一年十月

釀文學263　PG2632

島國人語

作　　者　章良我
責任編輯　孟人玉
圖文排版　黃莉珊
封面設計　蔡瑋筠

出版策劃　釀出版
製作發行　秀威資訊科技股份有限公司
114 台北市內湖區瑞光路76巷65號1樓
電話：+886-2-2796-3638　傳真：+886-2-2796-1377
服務信箱：service@showwe.com.tw
http://www.showwe.com.tw
郵政劃撥　19563868　戶名：秀威資訊科技股份有限公司
展售門市　國家書店【松江門市】
104 台北市中山區松江路209號1樓
電話：+886-2-2518-0207　傳真：+886-2-2518-0778
網路訂購　秀威網路書店：https://store.showwe.tw
國家網路書店：https://www.govbooks.com.tw
法律顧問　毛國樑　律師
總 經 銷　聯合發行股份有限公司
231新北市新店區寶橋路235巷6弄6號4F
電話：+886-2-2917-8022　傳真：+886-2-2915-6275

出版日期　2021年12月　BOD一版
定　　價　250元

讀者回函卡

Printed in Taiwan

國家圖書館出版品預行編目

島國人語/章良我著. -- 一版. -- 臺北市 : 釀出版, 2021.12
面； 公分. -- (釀文學 ; 263)
BOD版
ISBN 978-986-445-568-3(平裝)

848.7 110018973